Les Hirondelles

DU MÊME AUTEUR

Je voulais te parler de Jeremiah, d'Ozélina et de tous les autres..., HMH, 1967 ; Libre Expression, 1994.

Cap-aux-Oies, Libre Expression, 1980, et 1991 en édition illustrée.

Giriki et le prince de Quécan, Libre Expression, 1982.

Montréal by Foot, Les Éditions du Ginkgo, 1983.

Oka, Les Éditions du Ginkgo, 1987.

Promenades et Tombeaux, Libre Expression, 1989.

Gabzou, Libre Expression, 1990.

L'Île aux Grues, Libre Expression, 1991.

Lise et les trois Jacques, Libre Expression, 1992.

Géographie d'amours, Libre Expression, 1993.

Bonjour, Charles !, Libre Expression, 1994.

Le fleuve, Libre Expression, 1995.

Collectifs

Poèmes, dans *Imagine...*, science-fiction, littératures de l'imaginaire, n° 21 (vol. V, n° 4), avril 1984.

Le Temps d'une guerre, récit, dans Un été, un enfant, Québec/ Amérique, 1990.

L'Amour de moy, récit, dans Le Langage de l'amour, Musée de la Civilisation, 1993.

Théâtre

Les Bonheurs-z-essentiels, Théâtre de l'Estoc, 1966.

Les Balançoires, Théâtre de Quat'Sous, 1972.

Jean O'Neil

Les Hirondelles

Libre Expression

Données de catalogage avant publication (Canada)

O'Neil, Jean

Les hirondelles

2e éd. —

Éd. originale : Montréal : HMH, 1973,
Publ. à l'origine dans la coll. : L'Arbre

ISBN 2-89111-617-8

I. Titre.

PS8529.N3H5 1995   C843'.54   C94-940983-9
PS9529.N3H5 1995
PQ3919.2.053H5 1995

Illustration de la couverture
GILLES ARCHAMBAULT
Maquette de la couverture
FRANCE LAFOND
Photocomposition et mise en pages
SYLVAIN BOUCHER

© Éditions Libre Expression
2016, rue Saint-Hubert
Montréal, Qc H2L 3Z5

Dépôt légal :
3e trimestre 1995

ISBN 2-89111-617-8

Pour Galou et Popina.

NOTE DE L'ÉDITEUR

Les Hirondelles furent publiées pour la première fois en 1973 aux éditions HMH. Sauf des corrections d'ordre stylistique ou grammatical, le texte n'a subi aucune modification.

C.L.

«Pensons à Çakyamuni au désert. Il y demeura de longues années, accroupi, immobile et les yeux au ciel. Les dieux eux-mêmes lui enviaient cette sagesse et ce destin de pierre. Dans ses mains tendues et raidies, les hirondelles avaient fait leur nid. Mais, un jour, elles s'envolèrent à l'appel des terres lointaines. Et celui qui avait tué en lui désir et volonté, gloire et douleur, se mit à pleurer.»

Albert Camus
(L'Été).

1

Faudrait d'abord que je définisse le temps, l'atmosphère, les circonstances, quoi! Ça compte tout autant que les faits puisque, en regardant les faits à la lumière des circonstances, on en vient à se demander si les causes ne se confondent pas avec les circonstances, purement et simplement.

Je pourrais commencer en disant que c'était un temps de fièvre et d'angoisse. J'ai dû lire ça quelque part dans un livre anglais. «A time of fever and anguish», ça fait très classique; Margot a moins de difficulté à entrer dans le vif du sujet. Mais quand je parle d'un livre anglais, je me trompe; je veux dire un livre américain. Les Anglais, je ne les lis plus depuis Shakespeare, déjà. Au fait, est-ce qu'ils écrivent encore? Je sais qu'ils font de l'excellente musique. Quand je chante *I Want to Hold Your Hand*, je sais que je suis de bonne humeur. Oui, ça m'arrive. Je me surprends à fredonner *I Want to Hold Your Hand* et tout d'un coup j'arrête net en me disant: «Tiens, je suis de bonne humeur!»

C'est des Beatles, ça, mais c'est plutôt ancien. Lucien me dit qu'ils ont fait beaucoup mieux depuis, qu'ils ont inventé constamment dans le rythme et l'harmonisation.

Lucien, c'est un musicologue avancé. Il passe cent trente-trois heures par semaine à gratter sa guitare, à faire l'amour, à prendre un coup et à fumer du chanvre indien. Pendant les trente-cinq autres, il est commis de première classe au service des réclamations de la Commission des Accidents du Travail. Il lit beaucoup aussi. Surtout au travail. Dans le temps, il lisait Roger Martin du Gard, André Gide, Georges Duhamel, Albert Camus et Blaise Cendrars. Maintenant, il s'en tient surtout à la série de l'agent X-13 ainsi qu'aux albums de Tintin et d'Astérix. Tintin moins, depuis Astérix.

Les Anglais ne font pas seulement de la bonne musique; ils font du bon théâtre, à ce qu'il paraît. On parle beaucoup de Peter Brook et d'un autre Peter. Weiss, je pense, mais je ne suis pas sûr. Je n'ai pas vu ce qu'ils font mais les journaux du monde entier en disent beaucoup de bien. On parle aussi de Harold Pinter. Lui, je le connais. Ce n'est pas celui que j'aime le plus. Non. Quand je parle de bon théâtre, je veux parler du gars qui a écrit *La prochaine fois, je vous le chanterai*... Je ne connais pas le titre anglais. Edmond, un ami à moi, a vu la pièce au Lutèce, à Paris. Il en a été émerveillé. En gros, c'est l'histoire d'une bande de comédiens qui arrivent sur scène pour répéter un truc; ce jour-là, ils n'ont pas le cœur à répéter et ils se mettent à parler de choses et d'autres. Leur dialogue débouche finalement sur la personne d'un vieil ermite très bon qu'ils ont tous connu. J'espère que je résume bien. Encore une fois, je n'ai pas vu la pièce. J'ai lu ce résumé dans *Paris-Match* l'autre jour, mais, ça fait exprès parce que je voudrais la retrouver pour copier l'extrait qui m'intéresse, ma revue s'est envolée. Toujours est-il qu'Edmond a vu la pièce à Paris, et, après le spectacle, Cathou, sa femme, lui a dit:

— Tu trouves pas que la pièce aurait pu être signée par Xavier?

Xavier, c'est moi. Voilà pourquoi je dis qu'il se fait du bon théâtre en Angleterre. Quant au roman, je n'en sais rien. À vrai dire, je ne lis pas beaucoup de romans, ni d'Angleterre ni d'ailleurs. Je les achète quand tout le monde dit qu'ils sont bons et je ne lis pas quatre-vingts pour cent de ce que j'achète. Je les feuillette et, quand je sais ce que c'est, je leur fais une place dans la bibliothèque. Des fois, je les prête et je ne les revois plus. C'est comme un gars qui fabrique des Chevrolet; il n'a pas besoin de faire dix mille kilomètres dans une Chrysler pour connaître la différence avec son produit. Un coup d'œil, un petit essai au besoin, et il connaît la Chrysler par cœur.

Je ne suis pas payé pour faire de la publicité quand je cherche des exemples. J'essaie simplement de vous faire comprendre. Mais si Chrysler et General Motors trouvent cela intéressant et qu'ils veulent me payer, je ne dis pas non. Tout le monde a besoin d'argent un jour ou l'autre. Moi, j'en ai besoin tous les jours.

Je parlais du gars qui fabrique des Chevrolet pour montrer que je n'ai pas besoin de lire tous les romans. Quand j'en lis, c'est pour voir comment ils sont faits. La façon, comme on dit en couture. Ce qu'ils racontent m'intéresse peu. Tous les romanciers disent la même chose. L'important, c'est la façon et le temps. Si un écrivain trouve une formule nouvelle avant un autre, son succès est assuré. Car ils disent tous la même chose depuis les temps les plus reculés de l'antiquité. Ils disent que l'homme a besoin d'amour; que l'homme a peur; que l'homme se voudrait infiniment plus grand qu'il ne l'est. Ils parlent d'angoisse, quoi!

«It was a day of fever and anguish...»

Voyez comme on se retrouve. Et ça me rappelle le nom du gars qui a écrit *La prochaine fois, je vous le chanterai...* Tâchez de le retenir pour me le souffler si jamais j'en reparle : il s'appelle James Saunders. C'est idiot d'oublier un nom aussi facile à retenir. J'aurais dû m'en souvenir plus tôt. Il y a une rue Saunders à Québec et j'ai déjà habité à côté.

J'aurais beaucoup aimé voir sa pièce. Delphine Seyrig jouait dedans et Edmond m'a écrit qu'elle y était adorable. En lisant sa lettre, Marthe a opiné.

— Avec Delphine Seyrig, ça doit être bon.

Ça fait qu'on s'est retrouvés d'accord au bout de la lettre d'Edmond. Elle à cause de Delphine Seyrig, moi à cause de la remarque de Cathou.

Remarquez que le titre est merveilleux. *La prochaine fois, je vous le chanterai...* (Je crois que les points de suspension sont de moi.) Il énonce d'une façon charmante, pour ne pas dire poétique, la quasi-impossibilité de verbaliser les évidences, de les écrire noir sur blanc dans un livre ou blanc sur noir au tableau de l'école publique. Cette quasi-impossibilité est tellement réelle que l'humanité salue d'un grand coup de chapeau tous ceux qui réussissent à contourner la difficulté. Ainsi Archimède qui, mettant le pied dans l'eau, découvre la loi de la perte de poids subie par un corps plongé dans un liquide et s'élance dans la rue en oubliant son kimono. Les gens en parlent encore.

Ainsi Marshall McLuhan, autour de qui on fit un grand raffut quand il énonça que «the medium is the message». On le fit passer pour Einstein et pour qui encore? Si j'étais thomiste, j'arriverais bien à vous prouver que saint Thomas l'a dit avant lui, mais je laisse cela aux professeurs qui n'ont plus d'élèves. La phrase est peut-être neuve, mais la réalité est aussi vieille que l'homme. Je vous l'ai dit moi-même, sept paragraphes plus haut, et vous n'y avez vu que du feu. Relisez, allez! «Quand j'en lis, c'est pour voir comment ils sont faits. La façon, comme on dit en couture. Ce qu'ils racontent m'intéresse peu. Tous les romanciers disent la même chose.»

Vous comprenez? Ça n'enlève rien à McLuhan, qui a réussi à formuler une vieille évidence de façon précise pour la faire voir au tas d'imbéciles qui refusent de voir les évidences si personne ne les leur formule. Non seulement sa formule est la bonne, mais la découverte de sa formule est la formulation même de la formule. Suivez-moi bien. La vieille évidence, c'est «the message»; la formulation de cette évidence, c'est «the medium». Et tout le monde s'arrache ses bouquins parce que, sans une formulation précise, tout le monde aurait passé à côté de la vieille évidence.

Ce que j'adore de la formule, c'est qu'elle sonne comme un coup de marteau sur la tête de tous les dialecticiens du monde. Ceux d'ici et ceux d'ailleurs. Elle leur dit carrément : «Petits crétins d'écran ou de salon, vous n'êtes pas élus ou adorés ou adulés à cause de la précision, de la justesse ou de l'authenticité de vos armes de gueule; vous êtes élus ou adorés ou adulés à cause du bruit que vous faites.» Ils péteraient de façon aussi élégante qu'ils parlent qu'ils passeraient quand même. Si les chefs de parti étaient assez intelligents pour comprendre la formule, ils pourraient désormais se dispenser de croire qu'ils ont raison.

Je préfère quand même la formule de Saunders. *La prochaine fois, je vous le chanterai...* Imaginez la merveille si Einstein, sur son lit de mort, ayant vraiment cherché toute sa vie la formule du champ unifié, avait pu lâcher dans son dernier souffle : «La prochaine fois, je vous le chanterai...»

Oui, c'était un temps de fièvre et d'angoisse. Einstein était mort depuis longtemps déjà et personne d'autre que moi ne s'était encore plaint de ce qu'il eût oublié la petite phrase d'adieu. Cher vieux bonhomme! Oh! il était remplacé, et bien remplacé, je suppose. Par d'authentiques savants qui, eux, ne se mêlaient pas d'écrire des livres pour apprendre au monde de quoi il retournait. Je suppose que leurs théories étaient acheminées au Pentagone en droite ligne et, là, encastrées dans le béton, loin des esprits curieux. La sécurité d'État le voulait ainsi.

Et la sécurité d'État était devenue une chose terriblement exigeante à l'époque.

Ainsi, au service des réclamations de la Commission des Accidents du Travail, les dossiers étaient devenus tellement nombreux et leur compilation tellement laborieuse que le ministère du Travail s'était vu dans l'obligation d'acheter une compilatrice IBM 2X300.

Vous pensez qu'il n'y a pas là de quoi fouetter un chat, mais attendez. C'est Lucien qui m'a tout appris et il est bien placé pour le savoir; en tant que commis de première classe, c'est lui qui alimente la machine en papier. Or, sachez qu'il n'y avait qu'une seule autre IBM 2X300 en service dans le monde. Où? Tenez-vous bien : au Pentagone. J'ai dit à Lucien :

— Les maudits Américains! Je gage qu'il y a un machin secret dans votre machine et que toutes les données qu'elle digère sont retransmises directement à sa sœur jumelle du Pentagone.

Intelligent comme il est, Lucien y avait pensé avant moi. Il s'amusa fort de découvrir que je pensais comme lui et presque aussi vite que lui.

— Imagine, qu'il me répond. Imagine que je dise ça au ministère! Ils vont me prendre pour un imbécile. Ils sont tellement caves qu'ils n'y ont pas pensé un seul instant.

— J'irais jusqu'à gager que le ministre ne sait pas que vous avez acheté cette machine-là.

— Je ne suis pas prêt à dire ça. Les ministres sont généralement les premiers à être informés. S'il ne le sait pas, c'est que les sous-ministres n'ont pas su où le joindre.

— Est-ce qu'il n'est pas très souvent à la Chambre?

— Certainement. Mais on ne peut pas les déranger quand ils sont à la Chambre. L'important, c'est de les attraper entre la Chambre et ailleurs. Et il y a tellement de journalistes qui font ça que les sous-ministres n'ont à peu près aucune chance.

— Mais qu'est-ce que vous faites de la sécurité d'État, bon Dieu?

— Comment? Maudit! Elle est assurée à plein, la sécurité d'État! Le ministre ne le sachant pas, il n'en parle à personne. Surtout pas à la Chambre. Autrement, les journaux s'en seraient emparés depuis longtemps. Et puis remarque qu'elle est encore mieux assurée par l'autre bout.

— Par l'autre bout?

— Que oui, petit ami! Le Pentagone connaissant par cœur le nombre et les noms de nos éclopés, il n'a qu'à consulter les statistiques sur notre population pour déduire ce qui nous reste de valide. Il obtient ainsi des approximations sérieuses sur nos possibilités d'agression ou de défense. Québec sachant que Washington sait, nos velléités d'agression et nos possibilités de défense sont réduites à presque rien. C'est pour ça que nous vivons en paix. L'État se trouve, comme qui dirait, dans une prison à sécurité maximum.

Évidemment, Washington profitait de cet état de choses pour belligérer en toute quiétude au Viêt-nam, au Congo, au Moyen-Orient et partout où l'appelait la dignité de son pouvoir. Les journaux en parlaient sans cesse et j'aurais pu allumer le poêle pendant un an rien qu'avec des découpures sur les avantages (ou les désavantages), les bienfaits (ou les méfaits) du napalm. De même que les Américains avaient envoyé en orbite des souris, des singes, des chats et des chiens avant d'y hasarder leurs propres citoyens, ils avaient essayé le napalm partout et les résultats avaient été si concluants qu'ils étaient à la veille de l'utiliser dans différents endroits tels que Birmingham, Little Rock, Memphis, Baltimore et Rochester. Là, j'anticipe sur les événements, mais, comme je le disais au début, le temps, l'atmosphère étaient là. Et cela compte tout autant que les faits puisque, en regardant les faits à la lumière des circonstances, on en vient à se demander si les causes ne se confondent pas avec les circonstances, purement et simplement.

C'était l'époque aussi où Moshé Dayan mettait le désert du Sinaï à feu et à sang pour en chasser les Égyptiens qui, espérant battre un vieux record pénible pour leur fierté nationale, y étaient installés depuis vingt ans déjà, avec le secret désir d'y rester au moins vingt et une autres années.

Comme les Hébreux de jadis, tout l'Occident avait monté sa tente devant le petit écran pour surveiller les péripéties du match. Même les Américains étaient sidérés. Mettre un pays fertile et verdoyant à feu et à sang, cela se fait toujours, avec de la pratique. L'expérience du Viêt-nam était là pour démontrer que cela ne se fait pas en un jour, mais, tout de même, chacun sait que cela se fait. Essayer la même chose avec un désert? Tous croyaient que c'était une aventure foutue d'avance. Quand on sait qu'un désert est en grande partie composé de sable, que le sable est en grande partie composé de silicium et que le silicium est un des éléments les plus inertes, les plus stables de la classification périodique de Mendeleïev, on s'attend au pire pour le pauvre fou qui décide de mettre cela à feu et à sang.

Ce n'était là qu'un des éléments du match. La victoire ou la défaite des Israéliens ou des Égyptiens allait certainement changer quelque chose à la situation internationale du pétrole. Sur ce point, le monde entier appréhendait le pire car une petite guerre de rien du tout risquait de toucher tous les continents. Le pétrole, ça se répand vite et c'est très inflammable. Le pire, c'est que tout le monde en consomme. Moi-même, j'en brûle la valeur de quelques verres à jus tous les jours quand je vais faire mes courses au village. Le voisin, lui, il fait faire ses courses par moi, mais il en consomme quand même pour labourer ses terres, faucher son foin, scier son bois et je ne sais quoi d'autre encore.

Tout l'Occident, dis-je, était rivé au petit écran, à surveiller ses intérêts. Ici au Québec, la retransmission nous venait par la Société Radio-Canada. Comme pour le hockey, le match se déroulait en deux temps : la partie jouée, dans le désert du Sinaï, et la partie parlée, à l'Assemblée générale de l'Organisation des Nations unies.

La SRC avait délégué des reporters à l'un et l'autre endroit. C'est évidemment celui du désert qui avait le meilleur rôle. On le voyait, micro en main, essayer de nous expliquer la situation. Quand le grondement de la DCA israélienne devenait trop fort, il cessait de parler, comme un Premier ministre pendant les applaudissements ; dès que les combattants lui donnaient une chance, il recommençait. Ça faisait pas mal «live».

À l'ONU aussi, c'était intéressant. La SRC avait choisi André Lemieux. Un excellent choix ; il avait quarante-cinq ans d'expérience dans ce métier et ça ne paraissait presque pas. Je l'avais vu, deux ans plus tôt, faire une interview avec Marcel Jouhandeau. Il avait été merveilleux. À moins d'avoir soi-même lu quelques livres de Jouhandeau, personne n'aurait deviné qu'il ne l'avait jamais lu.

Je ne vais pas tout raconter en détail. Bref, Moshé Dayan réussit son exploit en moins d'une semaine, au grand désarroi des diplomates qui avaient mis vingt ans à équilibrer convenablement le pendule en cette partie du monde. Le pétrole devint un peu plus cher, mais je ne crois pas que ça entre dans les circonstances puisque, de toute façon, son prix monte un petit peu tous les jours.

Ailleurs, ça n'allait guère mieux. La Chine rouge était en pleine Révolution culturelle et personne ne savait trop de quoi il s'agissait. Les uns disaient que Mao et sa femme, Mme Chiang Ching, s'étaient acoquinés avec Lin Piao pour destituer Chou En-lai et Liu Shao-ch'i, mais d'autres prétendaient avec autant d'à-propos que la purge était menée par Teng Hsiao-ping et Chen Yi contre Peng Chen, le maire de Pékin, et que par ricochet seulement Chao Tzu-yang, Tchen Pota et Lo Jui-ching avaient été mêlés à l'affaire. Chose certaine, Mao en profitait pour faire parler de lui et se faire porter à bout de bras par les foules comme le saint sacrement.

Hélas, la révolution eut ses échos jusqu'à Hong-kong, où les pauvres Anglais durent céder la place, affaiblis qu'ils étaient par de semblables difficultés à Aden. Ce fut une triste journée pour Albion, et quand le gouverneur, dernier à quitter l'île, mit pied sur le bateau qui devait le ramener dans ses terres du Worcestershire, il ne put réprimer sa tristesse et lança un «Shit!» plutôt sonore. Son successeur, nommé par Pékin, avait poussé l'amabilité jusqu'à l'escorter sur la passerelle du navire. Ayant mal entendu ce qu'il prit pour un dernier vœu, il pria le gouverneur de répéter, ajoutant qu'il serait heureux de le lui accorder. Le gouverneur se contenta de le regarder tristement et de lui dire :

— *The next time, I'll sing it!*

Les manuels d'histoire retinrent la seconde version de ses adieux mais l'Histoire avec un grand H retint la première et voulut voir dans ce gouverneur un prophète des temps modernes. En effet, son mot d'adieu représentait exactement, lettre pour lettre et poids pour poids, la valeur qu'allait prendre quelques mois plus tard la livre sterling sur les marchés internationaux. Il s'ensuivit une grande polémique de part et d'autre de la Manche, et le général Ubu eut gain de cause encore une sainte fois quand il convoqua une conférence de presse à l'Élysée pour déclarer, preuve en main, que, tout historique qu'il fût, le mot du gouverneur démissionnaire ne pouvait être jugé prophétique et qu'il s'agissait du plus vulgaire des plagiats, Cambronne l'ayant lancé deux cents ans plus tôt dans la langue de Molière. Ainsi Albion se vit-elle fermer les portes du Marché commun.

Ce ne fut pas la seule victoire du général Ubu, car il s'était considéré à l'époque comme le défenseur de toutes les Pologness et la triste situation internationale le réclamait partout.

Notamment au Congo, où des mercenaires s'emparaient de la ville de Kinshasa. Le général Monpitou, président du Congo, adressa une note de protestation à l'ONU, déclarant, entre autres choses, que les mercenaires s'étaient inspirés des méthodes de Tintin pour s'infiltrer dans son pays. U Tante, président de l'Organisationdesnassionszunies, somma Hergé de faire disparaître tous les exemplaires non vendus de *Tintin au Congo*, mais l'ambassadeur belge à la même Organisationdes... répliqua en son nom qu'il s'agissait là d'une vile insinuation, l'édition complète du volume étant épuisée. Des recherches élucubrationnelles prouvèrent qu'il avait à la fois tort et raison : l'édition était épuisée, si, mais elle était épuisée parce que tous les mercenaires en avaient acheté un exemplaire.

Saisissant l'astuce avec la rapidité intellectuelle qu'on leur connaît et grâce à laquelle ils vendent de l'eau en poudre aux nomades sahariens, les États-Unis acquirent illico les stocks et les droits d'auteur d'*Astérix le Gaulois*, rapport à la potion magique, qu'on voulait mettre à l'essai sur la personne d'Ellbeejay pour lui permettre d'avoir enfin le dernier pot dans ses échanges de postillons avec le général Ubu. Le tout ne se fit pas sans de laborieuses tergiversations diplomatiques, qui prirent fin de façon tout à fait soudaine quand une procession de DC-8 chargés d'or à ras bord vinrent se poser en vol plané sur les pistes humides du Bourget. En effet, il pleuvait. Ce qui n'empêcha pas le général Ubu de caracoler sur les pistes, roulant avec une joie non dissimulée son gros ventre sur les montagnes de lingots qu'on empilait hors des carlingues. Sa femme le suivait, un sourire à la bouche, une orangeade à la main, répétant gaîment aux journalistes :

— Eh oui ! Il est comme ça !

Comme elle disait ces mots, il se produisit une chose étonnante. Les équipages des DC-8 sautèrent sur le tarmac et se mirent à lancer les lingots dans les carlingues.

— Comment ! s'écria Ubu. Vous n'y êtes pas, mes bons amis ! Que se passe-t-il, justes cieux ?

Il se passait que la Sciaillée venait de recevoir un secretissime message lui apprenant qu'Ubu devait déjà ses succès diplomatiques à la potion magique du druide Pano-ramix et qu'Ellbeejay n'en pouvait consommer sans grand risque de lui devenir semblable. La Sciaillée avait passé la communication au Pentagone, qui l'avait relayée à la Maison-Blanche, qui avait averti l'Air Force, qui avait rap-pelé ses DC-8 avec leur cargaison malgré les trépignements chevalins d'Ellbeejay qui, attaché sur sa chaise haute, ne cessait de crier :

— J'en veux pareil ! J'en veux pareil !

Ubu, lui, était à genoux sur le tarmac.

— Je vous en prie, je vous en prie ! Une minute d'at-tention, s'il vous plaît ! Jeanne, Jeanne, ne viendrez-vous pas me secourir ?

La générale, amusée, répétait toujours :

— Eh oui ! Il est comme ça !

Jeanne intervint heureusement. Un lingot mal lancé tomba sur la tête d'Ubu, qui s'en fut à l'hôpital Cochin faire une brillante convalescence.

Ce déplacement de lingots avait malheureusement coûté cher pour rien. L'or valait désormais deux fois plus, quoique la quantité fût la même. Le département du Trésor américain décida qu'il n'en était que juste de tirer plus de billets sur la même quantité. Ubu protesta et la guerre de Troie eut lieu.

Les écrans de télévision s'empourprèrent, les agences de presse s'enfiévrèrent, les journaux se couvrirent de noir et tout l'Occident mit la main dans sa poche.

Ne m'accusez pas d'incohérence. Je parle des circonstances et telles étaient-elles. Incohérentes. Incohérentes à en pleurer. Mais nous pleurons parce que nous sommes des enfants sans sagesse. Si nous étions le moindrement adultes, nous saurions une fois pour toutes que l'incohérence est fonction du système et nous n'aurions plus ni fièvre ni angoisse.

Mais c'était, comme je vous le dis, un temps de fièvre et d'angoisse.

On en oublia même que le soleil se levait tous les matins comme à l'accoutumée et que le point vernal avait été, ce printemps-là, encore une fois fidèle à son rendez-vous avec le méridien.

Alors, en ce temps-là, naguère, désormais et pour longtemps, naquit à West Shefford un curieux petit bonhomme qui avait un nez en plein milieu de la figure, un nombril sur le ventre et un pénis entre les jambes.

2

West Shefford est un carrefour des Cantons-de-l'Est connu surtout des chasseurs et des skieurs. On y trouve des magasins généraux sur deux coins, une église catholique sur un autre et une église anglicane — dite «mitaine», de la francisation de «meeting» — sur le quatrième. Le reste est maisons rêveuses perdues dans la poudre des chemins et paysans fantômes suspendus au bord des champs.

Dites-moi si vous avez jamais vu des maisons rêveuses perdues dans la poudre des chemins et des paysans fantômes suspendus au bord des champs. Dans les toiles de Chagall, voilà! Or, il se trouve que West Shefford est une toile de Chagall égarée hors du musée d'Art moderne de Paris par suite d'un vol fameux qui ne rapporta rien à son auteur, la toile étant universellement connue des connaisseurs, qui n'osèrent pas miser dessus et la lancèrent à bout de bras, d'où elle tomba quelque part au-delà du quarante-cinquième parallèle, à la longitude approximative de soixante-douze degrés trente-neuf minutes et quelques granules ouest, à l'endroit désormais connu sous le nom de West Shefford, qui est, soit dit en passant, un endroit merveilleux, à l'abri du placotage, au creux de hautes montagnes qu'on ne dit hautes que par comparaison avec les celles avoisinantes, qui sont basses, sans quoi on serait obligé de les déclarer basses elles aussi, compte tenu de l'altitude des Rocheuses, des Alpes, des Andes et de la chaîne de l'Himalaya, auxquelles on ne pense pas sans frémir, si toutefois l'esprit humain se fait une juste idée des choses par les chiffres qu'il peut lire dans les manuels de géographie, dans le journal ou dans le dictionnaire, selon les références qu'il consulte le plus souvent et selon aussi ses prédispositions naturelles à la fréquentation de telle forme d'information plutôt que de telle autre, ainsi qu'il est dit dans les livres de Freud et de Jung sur les affinités naturelles de l'individu, lequel individu ne pensera ni ne jugera de la même façon suivant qu'il a été éduqué comme ci ou comme ça, en Angleterre ou en France, à Canberra ou à West Shefford, dans une demeure pleine de domestiques bienveillants ou dans une pauvre maison rêveuse perdue dans la poudre des chemins et par la fenêtre de laquelle il voit des paysans fantômes suspendus au bord des champs.

Curieux, il l'était par sa naissance, qui eut lieu aux champs, où sa mère cueillait des simples. Vingt ans plus tard, il serait né chez Steinberg au rayon des épices, mais c'était l'époque où Steinberg n'en vendait pas encore en petites boîtes commodes et sa mère courait les champs pour ramener les herbes, qu'elle faisait sécher en bottes suspendues aux poutres de la maison. L'odeur en restait longtemps au plafond, flottant là bien à l'aise parmi les mouches et parmi les parfums de pain, de ragoût, de linge mouillé et de fumée, qui étaient les senteurs habituelles de la maison, senteurs dont les gens s'ennuient parfois parce qu'ils sont ennuyeux de nature mais qui ne valaient pas les désodorisants épicés vendus en aérosol aujourd'hui et qui vous parfument une salle de bains à la rose ou à la fleur de pommier dans le temps de crier «pet!».

Pour curieuse qu'elle fût, sa naissance n'eut rien de poétique. Sa mère eut très mal et elle était horrible à voir, étendue dans l'herbe fanée, seule avec le soleil qui regardait la chose l'œil rond ; et quand tout fut fini, qu'elle put rentrer avec le mioche dans son tablier, elle laissa derrière une vilaine tache que les vaches évitèrent pendant de longs jours. En chemin, elle héla son homme qui fauchait l'avoine dans un champ proche, et il fut si heureux de la chose qu'il s'en fut à la bière avec les voisins tandis que les voisines accouraient voir la merveille.

Ce fut bientôt un proverbe dans tout le canton :

S'en aller à l'herbe pour acheter
Comme la Mélanie à Timothée.

Elle n'était pourtant pas femme de légende, la Mélanie, à moins qu'on ne mît au compte de la légende cette facilité de faire des enfants comme des sourires et de les laisser grandir d'eux-mêmes dans la joie de la vie. Celui-ci fut le huitième et le dernier mais il fut plus taciturne que les autres, grandissant au bord de la fenêtre, à mesurer la vélocité des vents, la rondeur des nuages.

Curieux, il le fut encore par la profondeur de ses yeux noirs, miroirs d'eaux calmes où la parenté voulut voir tour à tour l'hébétement le plus complet et la sagesse légendaire des sombres volumes qui mesurent l'ombre des fonds de presbytère.

Enfance, enfance, biologie des racines qui cherchent, profondeur sommeillante des êtres qui naîtront un jour à la lumière, stagnance odorante où fermente le vin du très pur intellect, creux, vallons, prairies fertiles où l'herbe épaisse toisonne, rêves précambriens assis sur l'impavide, moutonnement des jours aux carreaux des fenêtres. Enfance, enfance, assise à l'ombre du plus haut des ormes sous le soleil vertical; enfance des mousses qui tapissent, enfance des grands arbres qui marquent l'horizon et qui, de leur plus haute branche, l'élargissent. Enfance des nourritures et des visions. Enfance! Opaque et nourricière. Impassible à la douleur d'être comme au vertige de commettre. Enfance, enfance! Des pommes plein les fleurs, des fleurs plein les fossés, des fossés plein les routes, des routes plein les rêves, des rêves plein la tête. Enfance! Enfance! Merde, merde, merde, merde, merde!

3

Alors, il vécut son enfance. Sans un mot, aussi souple et docile qu'un brin d'herbe; entre le chant des grillons et la poussière des grammaires; entre les saisons qui, à West Shefford, sont tour à tour verte, jaune, rouge, blanche, avec des tons de bleu; entre les heures qui, comme ailleurs, sont uniformes; entre les soirs et les matins qui pendulent.

Il joua au camion, il joua au cheval, il joua au bandit, il joua au cow-boy. On ne sait rien d'autre, sinon qu'un jour il arriva à Montréal, qu'il ne jouait plus et qu'il n'était plus un enfant.

Il descendit au terminus de l'Est. Il loua une chambre quelque part. Il fréquenta une de ces écoles qui donnent une conscience aux gens et les rendent malheureux à jamais. Il apprit que West Shefford était un village, que Montréal était une ville, que le Québec était une province et que le Canada était un pays; qu'il existait d'autres pays, comme le Viêt-nam, l'Uruguay, la Norvège; que ces pays avaient des villages et des villes, comme Hanoi, Montevideo, Oslo; que ces villages et ces villes avaient des habitants; que ces habitants avaient toujours l'air heureux sur les cartes postales et toujours l'air malheureux dans les journaux. Il apprit tout cela et en fut un peu affolé. Il repassa souvent devant le terminus de l'Est; il y entrait, même. Il s'assoyait au comptoir et mangeait un *grilled cheese*. Il regardait partir l'autobus de West Shefford mais n'y montait jamais. Il savait que ça ne donnerait rien. Confusément, il avait appris qu'il fallait naître à quelque chose tous les jours et que c'était toujours aussi douloureux que la première fois.

Un jour, tandis qu'il mangeait son *grilled cheese*, il vit une fille à côté de lui. Il la trouva jolie et eut envie de lui parler. Elle lui fit oublier Hanoi, Montevideo, Oslo et West Shefford. Ils firent beaucoup de choses ensemble et ce fut bon longtemps. Quand ça commença à devenir moins bon, la fille s'en alla d'elle-même. Il ne la retint pas plus qu'il n'avait repris l'autobus de West Shefford. Il marcha jusqu'à la place Ville-Marie et entra dans les bureaux d'Air Canada.

Là, il vit qu'il s'était trompé d'endroit et il sortit pour entrer ailleurs. C'était pareil dans les bureaux d'à côté. Il sortit pour ne plus entrer nulle part, mais, après avoir marché une demi-heure, il voulut voir autre chose que la rue et entra par la première porte. C'était un restaurant. Il s'installa au comptoir et commanda un café. Le café était plutôt bon. Il y avait encore une fille à côté de lui mais il se souvint de la première et il sortit sans avoir terminé son café.

Il prit une rue au hasard et se retrouva sur la route du mont Royal. Il alla jusqu'en haut et demeura longtemps à regarder en bas. Parmi tout l'affairement de la grande ville, il se demandait un peu quel engrenage allait le happer. Il ne désirait rien tant que d'être happé pour disparaître joyeusement dans le quotidien de toutes choses. Il espérait seulement une occupation qui l'empêcherait de penser à Hanoi, à Montevideo et à Oslo.

Il trouva ce qu'il cherchait le lendemain, au bureau de placement. La Commission de l'Assurance-chômage avait besoin d'un commis. Il devint ce commis dont on ne voit que les épaules et la tête derrière le comptoir et qui répond plus ou moins gentiment selon l'humeur du moment. Lui, il répondait toujours plus gentiment que moins. Les gens venaient pour mille raisons. Les uns cherchaient du travail, les autres venaient chercher un chèque. Il y avait autant de femmes que d'hommes et, à part quelques cas pathétiques qu'il oubliait bien vite, les gens ne semblaient pas trop malheureux. Surtout, ils évitaient de l'engueuler. Peut-être à cause de sa bonne bouille. Et puis les camarades du bureau voulaient tous être amis avec lui. Il y avait toujours des bières à boire quelque part ou des cafés à siroter. Il y allait le moins possible. Comme il mangeait toujours dans des endroits où il était certain de ne rencontrer aucune connaissance.

Le soir, il allait au cinéma. Des fois, il allait écouter du jazz dans l'un ou l'autre des petits trous creusés à cette fin. Il s'y trouvait très bien. Il dormait comme une roche. Il avait bon appétit. Il sautait une fille par-ci par-là, simple mesure d'hygiène.

4

Tout alla pour le mieux jusqu'au jour où il vit la petite vieille.

Les gens s'étaient rassemblés sur le trottoir devant l'épicerie Gaulin. À travers leur grouillement, il vit à peine — et très distinctement pourtant — les jambes de la petite vieille. Elle portait des bas de tricot, couleur chair, comme toutes les petites vieilles, et des souliers noirs. Les gens bloquaient le trottoir; il dut faire le détour par la rue pour passer. Il vit très bien la petite vieille. Elle était étendue sur la chaussée, tout contre le trottoir, et on avait glissé son filet bourré et son sac à main sous sa tête. Son bras droit était allongé sur sa hanche et on ne voyait pas son bras gauche. Elle avait de larges plaques rouges sur la figure. Elle avait l'air de dormir tranquillement. Son manteau était noir et ses cheveux étaient blancs.

Il continua jusqu'au kiosque pour acheter le journal. Il ne s'était même pas arrêté. Il avait tout vu en passant et, entendant derrière lui les policiers demander aux gens de se disperser, il se demanda pourquoi les gens s'attroupaient alors que tout se voyait si bien d'un coup d'œil.

Les jambes. Il ne pourrait jamais oublier les jambes. Il regarda la rue, le pavé près du trottoir. Il se demanda si la petite vieille s'y trouvait bien. Elle n'avait pas eu l'air très mal. Il ne s'était jamais trouvé couché dans la rue, le long du trottoir. C'était ça, l'épouvantable. Comme si on avait pris la petite vieille tranquille dans son lit pour venir la déposer délicatement dans la rue.

Il entra chez Naz pour acheter des cigarettes. La serveuse disait à un client que la petite vieille était morte. Qu'elle avait simplement perdu connaissance, qu'elle était tombée... Il ne fit pas attention au reste de la conversation. Il était déjà dans la rue.

Les gens s'étaient dispersés un peu et, miracle, la petite vieille était debout. Qu'elle était petite! Un policier la soutenait tandis que, la tête entre les mains, elle se laissait éponger la figure par une jeune fille. Le sac et le filet étaient restés par terre.

Il entra chez Mailhot. Il aurait aimé manger une pizza. Il n'y en avait pas sur les étalages. Il fit le tour des charcuteries. Elles ne lui disaient rien. Même le comptoir des fruits et légumes n'arrivait pas à lui donner faim. Il sortit sans rien acheter. La petite vieille était entrée dans la voiture patrouille de la police. Elle était seule sur la banquette arrière, la figure rouge mais sèche; un peu gênée, sans doute, d'avoir été tant vue, tant regardée. Il aurait juré qu'elle avait honte d'elle-même et qu'elle pleurerait sitôt rentrée à la maison.

Il prit une tranche de steak chez Laflamme. Combien de repas se soldaient par une tranche de steak chez Laflamme! Il s'en voulait un peu. Il descendait la rue Sainte-Famille en maudissant sa tranche de steak quand il revit les jambes de la petite vieille. Cela lui fit tellement mal qu'il en eut comme un hoquet. Le soleil coulait doucement dans la rue. Les lilas devaient être fleuris dans le jardin de l'hôpital. Leur parfum sautait le mur de pierre et se mêlait à l'odeur de patates frites qui sortait du restaurant Coulombe. L'odeur des lilas le transporta à West Shefford dans la côte qui descend vers la rivière. Il l'avait descendue une fois. C'était plein d'enfants sur la plage et parmi eux, qui courait, il y avait la petite vieille.

C'était bien elle. Elle avait dix ans. Ou douze? Elle n'était pas belle mais elle allait l'être. Cela se voyait. Elle courait et criait sans le voir. Il s'était attardé à deviner son sexe sous le maillot. Il avait essayé d'imaginer jusqu'où se gonflerait son buste. Elle avait rejoint ses copines et, toutes ensemble, elles s'étaient assises dans le sable pour manger des sandwiches. Elles étaient belles à voir. Vers quinze heures, elles avaient remonté la côte, criant, chantant, occupées à mille jeux. Elles s'étaient dispersées par là, quelque part dans la côte et dans sa tête.

Les jambes étaient toujours allongées sur l'asphalte. À un moment donné, un déclic les faisait bouger qui ouvrait en même temps les yeux de la petite vieille. Elle voyait le ciment dur du trottoir à cinq centimètres de son nez et des bras la relevaient.

Elle demeurait quelque part à trois coins de rue de là. Le policier la laissait chez elle, au bord de l'escalier. Du filet qui s'était crevé en route, il était tombé une livre de beurre et une boîte de soupe, qu'il avait ramassées. Le policier s'avançait vers la table pour les y déposer...

C'était peut-être la première alerte de la petite vieille, qui, jusque-là, se croyait encore bien, encore jeune. Pourquoi pas? Elle marchait moins vite qu'avant mais elle avait un bon pas pour son âge. Maintenant, elle se savait finie. À moins que, peut-être... Elle n'avait jamais vu le trottoir de si près. Et tous ces gens autour d'elle quand on l'avait relevée. Couchée dans la rue!

Il alla à la fenêtre et regarda la rue. Il aurait aimé s'y coucher pour voir. La petite vieille y semblait très confortable.

Il sortit prendre une bière. La taverne était pleine. Les garçons avaient la télé en couleurs et suivaient un match de football à l'écran. La taverne était divisée en deux clans et c'était drôle comme tout. Il y resta deux heures. Quand il sortit, il ne se souvenait plus de rien et il ne s'en plaignit pas.

Le lendemain, pourtant, il était à son poste depuis une heure déjà quand il revit la petite vieille. Elle était entrée tout doucement dans sa tête sans qu'il s'en aperçoive. Elle lui disait bonjour, ajoutant qu'elle partait en voyage. Elle s'en allait à Hanoi, à Montevideo et à Oslo. Le coup était si dur qu'il le chamboula. Il dut s'appuyer une minute à son comptoir tandis qu'un plombier en grève lui demandait s'il se trouvait mal. Il répondit que non et s'en fut trouver le chef de bureau pour lui dire qu'il se trouvait mal et qu'il rentrait chez lui.

5

Il ne rentra pas chez lui. Il passa devant la place Ville-Marie, tout à fait par hasard, et reconnut les bureaux d'Air Canada, où il était déjà entré. Cette fois, il se dit qu'il n'en sortirait pas aussi vite. Il consulta la liste des grandes villes pour choisir une destination mais il y en avait trop; rendu à la cinquième, il vit qu'il n'aurait pas le courage d'aller au bout et il revint à la première. Il acheta un billet pour Amsterdam.

«Le monde appartient à tout le monde, pensa-t-il. Qui aurait cru qu'un jeune homme de West Shefford prendrait un jour l'avion pour Amsterdam?»

Après une longue nuit là-haut, accroché au néant et le bruit des moteurs plein les oreilles, il fut heureux de voir le jour, de revoir la terre, de survoler des digues et des moulins à vent. Quand il mit pied à terre, il crut entrer dans une serre tellement l'air était humide et parfumé. Un taxi s'offrit à le prendre mais il refusa. Il voulait marcher dans les jardins de jonquilles le long des canaux. Il le fit avec nonchalance, s'arrêtant partout pour regarder les saules tremper leurs doigts dans l'eau. Le soir, il coucha dans un hôtel, et il s'engagea le lendemain sur la route de La Haye. Il marcha deux jours. Au soir du deuxième jour, il arrêta chez un jardinier qui cultivait des tulipes comme sur les affiches touristiques de la Hollande. Il en avait trois champs devant sa maison : un jaune, un rouge, un blanc. On aurait dit autant de couvertures étendues pour sécher au soleil. Il cultiva des tulipes pendant trois semaines. Pour le pain, la soupe et le fromage. Un peu pour la fille aussi. Elle venait le trouver le soir et ils dormaient ensemble. Un soir, il n'eut pas envie de voir la fille et il partit.

Il marcha toute la nuit. Au lieu de marcher droit sur La Haye, il prit à droite vers Scheveningen. Il arriva à midi. Le port était vide mais ce ne fut pas long avant que les bateaux ne reviennent. Ils rapportaient du hareng. Pour trois fois rien, il en acheta un qu'il mâcha sur le quai, les pieds ballants au-dessus des vagues.

Le soir, des gens vinrent flâner sur le quai, mais ils ne lui parlèrent pas et s'en retournèrent par groupes, comme ils étaient venus. Il resta un homme, seul, assis sur l'autre coin du quai, les pieds ballants comme lui. Ils restèrent là une partie de la nuit, sans se parler, sans se regarder, à savoir simplement qu'ils étaient tous les deux là et à être contents de ne pas se trouver tout à fait seuls. La mer bruissait étrangement devant eux et ce murmure leur servait de dialogue. Jusqu'à ce que l'autre se lève et vienne le trouver. Il lui dit qu'il ne pouvait pas passer la nuit là. Il l'invita chez lui. Il n'en fut pas fâché. L'autre lui raconta qu'il était ingénieur, qu'il était irlandais, qu'il vivait en Hollande mais qu'il allait sur le quai de Scheveningen pour regarder l'Irlande quand il était saoul ou qu'il s'ennuyait ou les deux à la fois. Lui, il raconta qu'il était né à West Shefford et toute la patente.

Il dormit sur le plancher du salon et fut réveillé de bonne heure par les enfants de l'ingénieur. Il joua un peu avec eux. Il rencontra la femme de l'ingénieur. Ils déjeunèrent tous ensemble en parlant de l'Irlande, de West Shefford, de Scheveningen et de Leyde. Leyde, c'était son patelin à elle. Forcément, il lui parla de la bouteille de Leyde. Le coup était trop classique pour être drôle. Elle rétorqua seulement qu'il l'étonnait, qu'elle n'aurait pas cru que la réputation de la bouteille se fût rendue jusqu'à West Shefford. À force de badiner sur le sujet, ils en vinrent à parler de l'invention et du hasard. Ce fut une révélation pour les trois de découvrir qu'ils attendaient tous les plus grandes choses du hasard et qu'ils s'y tenaient prêts.

— Il n'y a même que cela à faire, déclara l'ingénieur.

Et le moment sembla si précieux qu'ils restèrent longtemps silencieux. Quand l'ingénieur se leva, ce fut pour annoncer qu'il partait. Il avait affaire à Amsterdam. Il décida de faire le trajet avec lui et de prendre un billet pour Montréal.

6

— *Life is but a sorrow, my dear man!*

L'homme qui venait de parler devait avoir soixante ans. Il était assis à côté de lui dans l'avion et il souriait toujours. Il lui avait su gré de ne pas parler car il n'avait pas envie de parler et il avait fallu cette splendeur du couchant par le hublot droit pour lui arracher ces quelques mots qui le réjouissaient beaucoup. Il se tourna vers lui et lui rendit son sourire. L'homme ne le regardait pas. Il avait les yeux rivés au hublot.

— *You think ?*

Il n'avait pu s'empêcher de lui répondre. Pour lui montrer que lui aussi souriait. L'homme se retourna un peu, toujours illuminé, acquiesça d'un clin d'œil et retourna à son hublot avant d'ajouter :

— *Life is but a sorrow ! A goddam beautiful sorrow. A goddam sorrow. All too beautiful. Look at it, man. Look at it this way. A goddam beautiful sorrow.*

Et ils se turent.

L'avion fonçait droit devant. Il ferma les yeux mais les rouvrit quand il s'aperçut qu'il n'était plus qu'une paire d'oreilles attachées au ronron du moteur. Il se rendit compte que le ronron l'accaparait tout entier. Avait-il peur de tomber? Sans doute. Mais c'était agréable d'avoir près de soi un homme qui considérait la vie comme un merveilleux chagrin. Est-ce que «merveilleux chagrin» était une bonne traduction? Il aurait préféré l'inverse. «Un sombre bonheur.» Oui, «un sombre bonheur» était la meilleure traduction. Et il fallait le retourner comme un gant pour le remettre en anglais. Un sombre bonheur que de voler comme ça vers le couchant. Vaudrait-il mieux l'atteindre ou ne pas l'atteindre? Il s'arrêta un moment à penser que l'avion pourrait voler indéfiniment vers le couchant. Sombrer avec le soleil dans quelque chose de glorieusement beau et douloureux. Douloureux? Comme la vie? S'engouffrer dans un sombre bonheur. Lequel était le plus douloureux, de mourir ou de naître? Personne n'en avait jamais été conscient, il en était certain. Personne ne saurait répondre.

Il ne savait trop pourquoi mais il aurait juré que mourir n'était qu'un mauvais moment à passer. Où était-il avant de naître? Dans la gloire du néant. Dans le glorieux néant. Il s'y sentit bien rien que d'y penser.

— Nous sommes morts tant que nous n'aurons pas touché terre.

— Pourquoi parlez-vous français maintenant?

— Parce que je suis français.

— Comment traduiriez-vous «a beautiful sorrow»?

— Un sombre bonheur!

— C'est vrai que nous sommes morts tant que nous n'aurons pas touché terre.

Il était très heureux de la conversation. Lui aussi y avait pensé. Monter à bord d'un avion, c'est être compté pour mort. Il faut toucher terre avant que les vivants ne nous reprennent parmi eux. Vivant, il ne l'était plus. Les voitures couraient sur la route sous lui. Il y avait un carrefour où elles arrêtaient toutes. D'en haut, lui savait bien qu'elles arrêtaient souvent inutilement. Il aurait pu diriger la circulation comme un dieu. Il voyait trop de choses pour appartenir encore au monde des vivants. Même le relief de la terre était devenu quelque chose d'irréel, de peu d'importance en tout cas.

Pourquoi toucher terre, après tout? Et pourquoi pas? Il se sentit plein d'un indicible bonheur.

— Si j'étais seul, je chanterais.

— Ça n'en vaut plus la peine. Regardez, nous descendons.

L'avion fit un crochet hors du couchant et la piste était dessous, vide. Quand les roues touchèrent le sol, il eut un brusque sursaut et crut avoir dormi. Mais l'homme assis à ses côtés souriait toujours.

7

La ville avait beaucoup changé. C'était l'été, il faisait chaud et humide dans les rues. Il trouva une chambre quelque part et s'y enferma quelque temps. Il lut beaucoup. Il se replongea dans les problèmes de Hanoi, de Montevideo et d'Oslo. Ça lui faisait mal un peu mais il préférait aller au bout de son mal plutôt que de l'ignorer davantage. Il lui semblait qu'il avait ignoré trop de choses, qu'il avait glissé peureusement sur des réalités pour lui rébarbatives et qu'il valait mieux en avoir enfin une idée juste.

Ce fut pénible. La réalité sociale était partout la même, pas très jolie à voir. En proliférant à grandeur de planète, l'homme s'était enlisé dans la sottise à ne plus savoir que faire. Il piétinait dans des harangues interminables au moindre prétexte et ces harangues étaient devenues le nec plus ultra de la civilisation.

Il lut *La Faim* de Knut Hamsun et ce lui fut d'une tristesse sans nom. Pas seulement l'histoire du héros, pitoyable parce qu'il a faim. Aussi l'histoire de l'auteur et de son récit. Aux gens d'Oslo, il chercha vainement de sérieuses raisons de vivre. Il pensa que plusieurs d'entre eux avaient sans doute des amours, des enfants, des projets. C'était pathétique ! À la fois sordide et merveilleux.

Hanoi était plus gai. L'idéologie avait rassemblé le peuple de la ville en un tout presque heureux. Du ciel pleuvaient des bombes plutôt que de l'eau et ce malheur commun avait engendré une volonté commune de résister, de relever la tête et de maudire l'agresseur. Bombardés et affamés, les gens de Hanoi devaient être parmi les plus heureux du monde. Ils souffraient mais connaissaient l'auteur de leurs maux. Ce n'était rien d'aussi vague que le destin ou la fatalité, c'était l'Amérique. Et quand on sait le nom du dieu qui vous écrase, on sait que cela ne durera qu'un temps, que les armes se retourneront contre celui qui les porte. À Hanoi, l'espoir avait un nom.

Il n'en allait pas de même à Montevideo, où les factions politiques dévastaient le pays au nom des idéologies les plus diverses, toutes au service du peuple qu'elles déchiraient. Montevideo était une plaie purulente offerte aux charlatans qui s'empressaient autour d'elle.

Dans les trois villes, des hommes lucides allaient de rue en rue, un sourire à la bouche, presque heureux de la tâche inutile qui leur incombait partout, conscients de la futilité du monde et heureux de s'en savoir les maîtres asservis.

C'est ce qui le fit retourner aux bureaux d'Air Canada. En chemin, il vit que la ville avait accroché des fleurs à tous les lampadaires. Jolies, les capucines qui retombaient le long des poteaux. Il s'en émerveilla, regrettant seulement que leur parfum subtil ne descendît pas jusqu'aux piétons.

Il entra dans les bureaux d'Air Canada, mais pas ceux où l'on vend des billets. Il voulait du travail. Au patron bien mis qui le reçut, il se déclara novice expert en transport aérien et l'autre fut tellement estomaqué par son bagout qu'il ne trouva jamais le moyen de la mettre à la porte.

Il fut engagé et fit des choses merveilleuses.

Ainsi, la première semaine, il chargea un DC-8 de tabac frais cueilli à Joliette et l'envoya en Hollande. L'avion revint plein de bulbes de jonquilles. Il le remplit de tomates vertes à destination de l'Islande. Elles mûrirent en chemin et se vendirent bien. Quand le DC-8 revint, il portait une pleine cargaison de harengs que la compagnie Roger mit à mariner avec des oignons dans de petits pots.

Air Canada était en admiration. On n'avait jamais vu personne inventer du transport comme ça. Au lieu d'un seul DC-8, on lui en confia bientôt cinq, puis dix. Là, on vit qu'il n'y avait vraiment rien à son épreuve.

Il prenait des veaux du printemps sur la Côte-Nord, les envoyait paître tout l'été dans les plaines de l'Ouest et les ramenait l'automne à Montréal pour les vendre aux marchés métropolitains. Il avait convaincu les commerçants les plus divers et les plus rétrogrades. Ses avions encerclaient la planète, jamais allèges, toujours payants. Les légumes cueillis ici allaient se faire mettre en boîte au Japon avant de revenir sur les tables du Québec. Au printemps, il importait des oranges de Floride. À l'automne, il exportait des pommes en Finlande. Cela lui rappelait le temps où, enfant, il jouait avec ses camions sur la galerie à West Shefford, transportant des blocs d'un entrepôt à l'autre.

Il s'aperçut qu'il n'avait jamais tant joué depuis son enfance. Un jour, il s'en ouvrit à Irène, sa secrétaire. Elle fut étonnée d'apprendre que c'était un jeu. Il eut un peu honte de lui. Le lendemain, il rencontra le président de la compagnie, un M. MacSwine, pour lui présenter sa démission. MacSwine était très ami avec le ministre des Transports, qui se cherchait un sous-ministre compétent. Il lui télégraphia en vitesse et le ministre vint à Montréal pour le rencontrer. Il arriva au moment où il embrassait Irène, qui pleurait en recevant ses adieux. Il remercia le ministre de sa proposition mais lui dit qu'il avait besoin de vacances.

8

Il sortit d'un pas tranquille et descendit le boulevard
Dorchester. Il s'engagea dans la rue University et s'arrêta
un moment devant la vitrine d'un libraire. Il vit le livre de
Thor Heyerdall sur l'île de Pâques. La couverture était belle
avec ses grandes statues plantées sur le versant du Rano-
Raraku. Il voulut entrer pour acheter le livre mais il se
souvint de Hanoi, de Montevideo et d'Oslo. Il eut peur. Il
trouvait que c'étaient là des problèmes trop sérieux et qui
pouvaient l'emporter.

«Ça ne peut qu'être pareil à l'île de Pâques», pensa-t-il.

Il remonta la rue University jusqu'au boulevard de
Maisonneuve, prit un taxi et se fit déposer à la station de
métro Henri-Bourassa. Il y avait un snack-bar tout près et il
avait envie d'y manger des hot-dogs. Quelques années plus
tôt, il avait mangé un hot-dog à cet endroit alors qu'il était
en pleine détresse. Ça lui rappelait des souvenirs.

Les hot-dogs n'étaient pas très bons. Il avait pourtant
averti la serveuse de ne pas forcer sur la moutarde. Les
serveuses mettaient toujours trop de moutarde. Il ne leur en
voulait pas pour autant. Il savait que ce n'est pas une vie de
passer sa vie à servir des hot-dogs. Il mangea le premier et

seulement la moitié du deuxième. Il achevait son café quand
la serveuse aperçut le restant de hot-dog écrasé dans l'as-
siette et bavant la moutarde de partout.

— Mon Dieu! Je m'excuse. J'en ai trop mis, hein?

Il lui sourit et l'assura que ce n'était rien du tout. Il se
leva, paya et flâna un peu devant l'étalage des journaux. Il
en ramassa une pile et sortit. Distrait, il se heurta à la
serveuse, qui avait fini de servir. Il s'excusa et, devant son
sourire, décida de faire un bout de chemin avec elle. Il était
quinze heures et il n'y avait pas beaucoup de monde sur le
trottoir. Il lui demanda si elle était pressée et si elle voulait
passer l'après-midi avec lui. Elle n'était pas pressée et elle
voulait bien. En entrant chez lui, il alla voir la concierge
pour lui payer son mois et la prévenir qu'il laissait son
appartement. Elle lui rappela que le bail n'expirait que dans
six mois. Il le renouvela pour six autres mois et paya
d'avance.

La serveuse l'attendait dans sa chambre. Il lui demanda
si elle voulait partir en voyage avec lui. Elle ne le savait
pas. Elle croyait que non. Elle venait de Manche-d'Épée, en
Gaspésie, et n'était pas très cultivée. Il l'assura que ça ne
faisait rien du tout, que lui-même partait en voyage et qu'elle
pouvait très bien le suivre si ça l'amusait. Elle dit qu'elle ne
voulait pas laisser son travail. Le téléphone sonna mais il
ne répondit pas, ni la première ni les autres fois. Elle partit
à dix-neuf heures pour retourner à ses hot-dogs. Elle travaillait de vingt heures à minuit.

9

À minuit, elle lui téléphona. Elle était certaine qu'il ne répondrait pas. Pourtant, il répondit. Elle lui dit qu'elle avait changé d'idée. Il lui demanda si elle avait un passeport. Elle ne savait pas ce que c'était. Il lui demanda si elle avait des photos. Elle en avait. Il lui dit qu'il la prendrait le lendemain au snack-bar. Elle dit que ce serait à neuf heures et demie.

Ils allèrent à Ottawa en train et se rendirent immédiatement au bureau des passeports. Après, ils s'installèrent à l'hôtel pour attendre. Elle passait la majeure partie de ses journées dans la chambre d'hôtel tandis qu'il se promenait dans les rues. Il traversa à Hull, à pied, pour voir cette ville et la rivière des Outaouais. Un matin, il prit l'avion pour Toronto, qu'il n'avait jamais vu. Il rata le retour et lui téléphona à sa chambre d'Ottawa. Elle était en larmes. Elle croyait qu'il l'avait abandonnée après avoir profité d'elle. Il l'assura que non, qu'il rentrerait le lendemain par le premier vol, qu'il y avait deux cents dollars dans sa valise et qu'elle pouvait les utiliser si elle voulait. Elle avait tellement peur de ne pas le revoir qu'elle garda l'argent pour payer la chambre, au cas où... Il revint le lendemain et ils furent heureux toute la journée. Elle voulut l'emmener faire des commissions rue Rideau mais il ne voulut pas. Elle y alla seule tandis qu'il retournait au bureau des passeports. Le lendemain, ils prirent l'avion pour San Francisco.

Dans l'avion, elle se blottit contre lui. Elle avait peur. Elle lui demanda s'il l'aimait. Il l'assura que non et lui demanda de ne pas l'aimer, sinon il la ramènerait à Montréal. Elle lui dit qu'elle le comprenait parfaitement et que tout était très bien. Il lui demanda de ne pas avoir peur de lui tant qu'ils seraient ensemble et elle lui promit de ne pas avoir peur. Elle tint parole et n'eut plus jamais peur. C'était une brave fille.

San Francisco ne l'amusa pas beaucoup et ils prirent l'autobus pour Los Angeles. À l'hôtel, ils s'étaient fait faire un casse-croûte qu'ils mangèrent chemin faisant. Il lui demanda si elle pouvait marcher. Elle lui dit que oui, tout en remplaçant ses talons hauts par des souliers plats qu'elle avait dans sa valise. Ils demandèrent au chauffeur de laisser leurs bagages au Hilton et descendirent un peu avant la ville pour y entrer à pied. Quand ils étaient fatigués de marcher, ils prenaient un autobus de banlieue pour se reposer. Ils traversèrent tout le quartier Watts tandis qu'il lui expliquait le quand, le pourquoi et le comment des émeutes raciales. Il était très content de lui. Sans aucune vanité. Il avait eu peur de ne pouvoir affronter la réalité. Dans sa chambre de Montréal, il avait frémi en lisant le récit des émeutes. Il n'avait jamais cru pouvoir traverser Watts sans défaillir et il trouvait qu'il faisait cela très bien. Il parlait aux Noirs, sans ostentation ni mansuétude. Ils arrêtèrent dans un snack-bar pour manger des hot-dogs. Il demanda à la serveuse de faire attention à la moutarde. Elle fit très attention.

— Tu vois? dit-il. Tu vois comme ces gens sont sensibles et attentifs?

Elle aurait pu avoir honte mais elle savait qu'il ne disait pas cela pour être méchant. Elle sentait qu'il avait raison et elle se promit de faire attention quand elle reprendrait son emploi.

— Je servais très mal les hot-dogs, dit-elle. À cause de toi, il me semble que je ne pourrai plus jamais les servir aussi mal.

Il était très ému qu'elle lui dise cela. Il trouvait que la vie valait la peine d'être vécue si une serveuse pouvait trouver quelque plaisir à servir des hot-dogs. Que ce fût à cause de lui lui était tout à fait indifférent.

Quand ils furent au Hilton, elle lui dit qu'il lui fallait téléphoner à sa mère comme tous les deux jeudis. Sa mère fut très surprise de la savoir à Los Angeles. Il sortit de la chambre dix minutes pour la laisser parler. Elle raconta tout. Sa mère fut encore plus surprise. Elle lui recommanda la plus extrême prudence. Quand elle raccrocha, elle regretta d'avoir téléphoné. Il lui semblait avoir mis sa mère entre elle et lui. Elle sortit dans le corridor et le vit encadré par la fenêtre devant le Pacifique. Elle ne put s'empêcher de frémir. Elle le trouvait beau. Elle lui prit la taille et mit sa tête sur son épaule.

— Il va falloir que tu m'aides, tu sais. Je ne suis qu'une serveuse de hot-dogs et, si tu ne m'aides pas, je vais t'aimer follement. Pourtant, je ne voudrais pas.

Ils étaient très fatigués. Ils se firent servir à souper dans leur chambre et s'endormirent. Alors seulement, elle remarqua qu'il pouvait être longtemps sans parler.

Le lendemain, ils louèrent une voiture et longèrent la côte jusqu'au Mexique, arrêtant çà et là sur les plages. C'était très beau et ils s'amusaient beaucoup. Il nageait très bien; elle ne nageait pas. Il voulut lui montrer; elle n'y tenait pas. Le soir, à San Diego, il y avait du hockey. Elle voulut savoir si Junior Samson jouait encore pour San Diego. Il jouait encore. Il était très content de la revoir. Il se demandait si elle pouvait rester. Elle aussi se le demandait. Elle prit conseil. Elle était aussi bien de rester. Elle resta.

10

Il revint à Los Angeles. Il n'était pas fâché d'être seul. Il resta deux jours à ne rien faire. Il voulait garder la voiture pour descendre en Amérique du Sud mais il crut que ce serait trop compliqué. Il prit un billet pour Santiago, au Chili. Deux jours plus tard, il s'embarquait à Valparaiso pour l'île de Pâques.

Il s'amusa beaucoup sur l'île. Il en partit comme à regret, en se faisant violence, parce qu'il ne voulait pas s'enfermer dans une utopie, si concrète fût-elle. Les Pascuans ne ressemblaient tellement pas aux gens de Hanoi, de Montevideo ou d'Oslo !

«Cela viendra», pensa-t-il.

Le bateau le laissa à Papeete et de là il revint à San Francisco. Quand il regagna Montréal, il ne reconnut pas la ville. Les banlieues s'étaient allongées, les faubourgs s'étaient encrassés et le centre-ville s'était déguisé en paradis imaginaire. Il passa deux semaines à jouer dedans. Il explora tous les souterrains, escalada jusqu'au dernier gratte-ciel. C'était aussi charmant que l'île de Pâques et ça s'était fait plus vite. Quand il rentra chez lui, la concierge lui remit trois lettres. Toutes trois étaient de sa mère. Elles lui annonçaient la mort de son parrain, la mort de son père et la mort de sa sœur. La concierge lui dit qu'une vieille dame était venue deux fois pour le voir. Il lui restait cinq cents dollars à peu près. Il les envoya à sa mère et déménagea.

Il dénicha du travail à Télé-Métropole. Il rédigeait des bulletins de nouvelles. Après deux mois, on le trouva si drôle qu'on lui proposa d'animer un jeu-questionnaire. Six mois plus tard, il était élu Monsieur Télévision. Cela lui valut d'autres lettres de sa mère mais il ne les ouvrit pas. Quand il vit sa photo dans le journal avec le trophée et la couronne, il eut honte et s'en alla.

Il avait un ami haut placé à la Canadian International Paper. Il alla le voir et se retrouva gardien d'un camp forestier sur l'île d'Anticosti.

«Gardien» est un bien petit mot. Il veillait au bon ordre des lieux, à leur entretien, à l'approvisionnement. Rien d'extravagant mais cela le tenait occupé. Cela le tenait aussi à la merci d'un chacun et personne ne se faisait faute de l'engueuler à tort ou à raison pour une montagne ou pour un rien. Après deux semaines, il fut accepté. Cela n'enleva rien aux jérémiades mais chacun savait désormais que les jérémiades étaient pour la forme et qu'on s'en remettait à lui pour le fond. Il recevait son salaire tous les mois. Il le regardait passer tout au plus car, nourri et logé, il n'y touchait pas.

Un jour qu'il était assis sur la grève à regarder battre la vague, il songea à s'acheter une maison. Il s'en était sauvé jusque-là, il ne s'en sauverait plus. Il ferait comme les autres, enfin ! Et que vienne la merde ! Il compta son argent. C'était facile : deux ans à cent vingt dollars par semaine sans avoir dépensé un sou. Il avait 12 480 $. Il laissa son emploi le lendemain. Sur le bateau qui le ramenait à Québec, il vit la pointe nord de L'Anse-au-Pet. Arrivé à Québec, il s'acheta une voiture et descendit à L'Anse-au-Pet. Il voulut acheter la pointe mais le propriétaire ne voulait pas vendre. Il parlementa et acheta un lopin.

Un mois plus tard, il descendit défricher. Le propriétaire était mourant. Il acheta toute la pointe pour deux mille dollars et ne défricha rien. Le propriétaire mourut trois mois plus tard et il entra dans sa maison.

11

C'était en septembre. Septembre est très beau à L'Anse-au-Pet. Il s'assit sur la galerie et le regarda toute la journée. Il se demanda même s'il avait jamais vu l'automne. Il y a des saisons qui construisent et d'autres qui démolissent. Le printemps défait l'hiver et l'automne détruit l'été. Il se rappela qu'il y avait pensé, un jour, à West Shefford. Il allait se rappeler beaucoup d'autres choses mais une voiture passa qui soufflait un nuage de poussière derrière elle. Elle tourna au bord de la mer et remonta la côte, lui en mettant encore plein les yeux.

«Il faudrait planter une haie au bord de la route pour avaler la poussière.»

Il se promit d'y voir dès le lendemain.

Le lendemain, il n'y avait pas d'eau à la maison. Il alla voir au puits. Il était à sec. Cela eût dû le décourager mais, au contraire, cela l'amusa beaucoup. C'était un mauvais endroit pour un puits. Il décida d'en creuser un plus bas. Il pensait faire cela en une semaine. Il sortit un pic et une pelle du hangar et mit une paire de gants. Dans les trente premiers centimètres, il se trouva dans la tourbe. Dans les trente suivants, c'était la terre noire, sèche et poudreuse.

Puis il frappa du gravier gros comme des œufs. Ensuite, ce fut un mètre de sable. Cela allait tout seul. C'était frais et bon dans le puits. Souvent, il s'asseyait au fond et regardait le carré de firmament. Il se trouvait chanceux d'être là. Il était heureux d'avoir acheté une propriété. À deux mètres, il souleva de gros cailloux et l'eau vint de partout. Il en eut bientôt à la hauteur de ses bottes. Le lendemain, le puits était plein. Il alla se regarder dans l'eau. Il ne redescendrait plus jamais au fond de son puits. Cela lui fit penser à West Shefford et il se mit à rire.

Il marcha jusqu'au bout de la pointe. Il compta trois étangs doux et un étang salé. Les quatre étaient pleins de gibier. Il regardait cela avec béatitude en se disant que cela lui appartenait. Il savait que ce n'était presque pas vrai mais qu'il pouvait quand même le faire croire à beaucoup de monde, que les gens accepteraient cela en voyant le contrat et le sceau rouge. Quand il fut sur la pointe, il entendit un coup de feu derrière lui. Il chercha mais ne trouva personne. Il rentra à la maison et s'enferma dans le hangar. Le soir, il avait une belle pancarte : DÉFENSE DE CHASSER. C'était un jeu amusant, la propriété. Il alla planter la pancarte au bord du premier étang.

Il lui fallut creuser pour amener à la maison l'eau de son nouveau puits. Cela lui prit trois jours. Il posait les tuyaux quand il entendit un coup de feu près des étangs. Il leva la tête et regarda mais ne vit rien. Il était furieux. Il continua de poser ses tuyaux et les enterra. L'eau venait bien. Il était content. Il entendit un deuxième coup de feu. Il prit son fusil et sortit. Il fit un détour par-derrière les cèdres et se faufila dans les roseaux. Un homme en chemise à carreaux revenait avec deux canards. Il l'engueula comme du poisson pourri, puis, furieux, se jeta sur lui et lui donna une volée. Quand il se releva, il saignait du nez. L'homme, lui, ne se relevait pas.

Il alla à l'étang chercher de l'eau dans sa casquette et la lui vida sur la tête. L'homme reprit conscience mais il restait étendu. Il avait l'air très amoché. Il l'aida à se relever et lui dit de s'appuyer sur son épaule. C'était un vrai homme : il était lourd et il sentait fort. Il l'emmena à la maison et lui servit du cognac. Ensuite, il s'enferma dans la cuisine pour ne pas le voir. L'homme partit de lui-même. Il le regarda aller. Il fut très surpris de voir qu'il emportait ses deux canards. Il ne les voulait pas et les aurait jetés, mais, quand même, il n'en croyait pas ses yeux. Il pensa que l'homme était un bel innocent et qu'il avait eu sa leçon. Il espéra secrètement qu'il n'en aurait pas besoin d'une deuxième car il n'était pas certain de pouvoir la lui donner.

12

Il passa la soirée seul devant son poêle. Il essayait de ne penser à rien. Ça ne réussissait pas. Toutes sortes de choses lui passaient par la tête. À minuit, il décida de monter à Québec. Il ne connaissait personne à Québec et continua jusqu'à Montréal. À six heures, il était rendu. Il entra au Luxor et dormit jusqu'à midi.

À midi, il se demanda si Irène travaillait toujours à la même place. Oui. On lui dit qu'elle était en vacances. Il dit que c'était urgent et demanda à la joindre chez elle. On refusa de lui donner le numéro. Il regarda dans l'annuaire et le trouva tout seul. Il lui téléphona. Elle partait le soir même pour Rome. Elle était très surprise d'avoir de ses nouvelles ; est-ce qu'il pouvait venir la voir ? Il alla la voir. À dix-huit heures, ils partaient pour L'Anse-au-Pet. À minuit, ils étaient rendus. Ils prirent les bagages qu'ils pouvaient prendre et entrèrent dans la maison. Ils fermèrent la porte et laissèrent tomber tous les bagages pour s'embrasser. Ils étaient fous comme des chiens fous. Cela finit devant le poêle, sur le tapis tressé. Ensuite, ils ramassèrent les bagages.

Ils mangèrent du saumon fumé et burent du vin qu'il avait acheté à Montréal. C'était très bon. Il lui fit visiter la maison. Elle aima beaucoup cela. Il mit de la musique et ils dansèrent avec leur verre de vin à la main. Ils recommencèrent, toujours sur le tapis. Ensuite, ils allèrent dormir. Irène s'endormit dans ses bras en lui bécotant l'oreille et il s'endormit en pensant qu'il n'avait pas eu de femme dans ses bras depuis deux ans. Il se demanda comment il avait fait cela.

Il se réveilla vers cinq heures, en sursaut, à cause d'Irène qui était dans ses bras et qu'il avait oubliée en dormant. Elle dormait comme une balle. Il se mit à jouer avec elle. Il lui sembla qu'il jouait avec une pêche. Au bout d'un moment, Irène commença à s'éveiller. Il avait l'impression de la ramener de très loin. Il continuait tranquillement. Il n'avait qu'à peser maintenant et elle se tordait autour de lui. Dieu que c'était bon! Quand ce fut fini, ils s'aplatirent comme des œufs au miroir.

Cette fois, ce fut Irène qui le réveilla. Elle ne voulait plus dormir. Ils s'habillèrent et sortirent. La nuit était partie mais le jour n'y était pas encore tout à fait. L'aube était douce et humide comme en juillet. Ils marchèrent jusqu'à la grève et s'assirent dans le sable pour attendre le soleil. Il se releva et se mit à lancer des cailloux sur l'eau. Il les faisait très bien ricocher. Elle essaya d'en faire autant. Il la trouvait très drôle. Elle ne savait pas lancer et se penchait jusqu'à en perdre l'équilibre. Cela le faisait rire. Il voulut lui montrer jusqu'où il lui voyait la cuisse quand elle se penchait. Il le lui montra avec le plat de la main tandis qu'elle s'écartillait les jambes. Elle se jeta sur lui et ils recommencèrent. Après, ils rentrèrent et le soleil les regardait aller. Ils dormirent une partie de la journée.

Ça sentait les crêpes quand il se réveilla. Il appela Irène pour lui demander l'heure. Elle lui dit qu'il était midi. Il lui dit qu'elle était très belle. Elle lui dit qu'elle avait fait des crêpes. Il lui demanda comment elle allait. Elle lui dit qu'elle allait très bien et qu'il n'était qu'un paresseux. Elle s'assit près de lui et se mit à jouer avec sa tête en lui disant de se lever. Il se leva et s'en alla sentir les crêpes dans la cuisine. Il s'aperçut qu'il n'avait pas envie d'en manger. Il se jeta à genoux et, ouvrant la robe de chambre d'Irène, se mit à l'embrasser sur sa culotte. Elle voulut le raisonner mais il lui fallut y passer. Sur le tapis encore. Ensuite, les crêpes. Elles étaient froides mais il restait de la pâte pour en faire d'autres. Puis ils retournèrent au lit. Après, il prit le journal.

Un journaliste se tapait une page complète sur la démocratie en Yougoslavie. Il connaissait le journaliste. Sa femme s'était suicidée sept ans plus tôt. Il était allé aux funérailles. Ils étaient une vingtaine dans l'église. Pendant l'élévation, les gens se faisaient des clins d'œil. Ça l'avait écœuré un peu et il était sorti avant la fin. Comme avant la fin d'un mauvais film. Il n'avait pas revu Denis. Il se demanda seulement pourquoi il faisait des thèses sur la démocratie. Ça lui rappelait Hanoi, Montevideo et Oslo. Non pas qu'il eût oublié. Il n'oubliait jamais rien. Mais il n'avait pas développé à leur sujet des thèses qui valussent d'être publiées. Peut-être qu'il aurait dû. Il trouvait cela très étrange. On frappa à la porte. C'était son homme de l'autre jour qui lui demandait la permission d'aller chasser. Il fut aussi gêné que s'il était tombé dans le trou du souffleur au moment d'aller chercher son diplôme sur l'estrade. Il dit à l'homme de chasser tant qu'il voudrait et de ne plus jamais lui demander la permission.

L'homme avait réveillé Irène. Il alla la trouver. En entrant dans la chambre, il fut comme surpris de l'y voir. Elle s'en aperçut. Cela se voyait dans son visage et elle se sentit mal à l'aise d'être là. Il lui raconta qu'il avait fait l'imbécile l'autre jour parce qu'il était devenu propriétaire. Il voulut l'embrasser. Elle le laissa faire mais ils s'aperçurent qu'ils n'en étaient pas capables. Ni l'un ni l'autre.

Dans l'après-midi, Irène lui dit que tout cela avait été bien agréable mais qu'elle avait encore envie d'aller à Rome. Il lui dit qu'il la comprenait bien et qu'il la regretterait beaucoup. Elle dit que ce serait pareil pour elle. Ils lavèrent la vaisselle et mirent de l'ordre dans la maison. Ils auraient voulu se faire beaucoup de choses mais ils étaient très fatigués. Le soir commençait à tomber. Il n'avait pas envie de partir mais il était gêné à l'idée de passer la nuit avec Irène. Il lui offrit de téléphoner pour retenir son billet. Elle refusa, disant qu'elle s'en occuperait à Montréal.

Ils partirent vers vingt-deux heures. En entrant dans Québec, Irène se mit à pleurer. Il lui demanda s'il pouvait faire quelque chose. Elle lui demanda d'arrêter. Il arrêta au bord de la route et elle se jeta sur lui pour pleurer. Il prit sa tête dans ses mains et la berça doucement.

— Je n'en peux plus, je n'en peux plus, disait-elle entre deux hoquets.

Il lui essuya les yeux et remit la voiture en marche.

— Pourquoi on s'aime et on ne peut pas vivre ensemble?

Il ne le savait pas. Il connaissait la question cependant. Il connaissait beaucoup de questions. Comme sur la démocratie. Mais il était trop méfiant pour se contenter des réponses.

Il arrêta au motel Saint-Amant, rue de la Canardière. Ils allèrent au bar et prirent chacun un double scotch. Il lui demanda si ça lui ferait du bien de danser. Elle ne croyait pas. Elle lui dit qu'elle avait envie de dormir. Ils prirent une chambre, un autre double scotch, et s'endormirent dans les bras l'un de l'autre en touchant l'oreiller. Ce qui s'appelle dormir.

13

Elle se réveilla comme une fleur. Tellement de bonne humeur qu'elle ne le croyait pas elle-même. Elle lui dit qu'elle pouvait bien prendre l'avion pour Montréal s'il voulait retourner à L'Anse. Il lui dit que c'était à son tour de n'en plus pouvoir et il lui demanda la permission d'aller à Rome avec elle. Elle devait y rejoindre un ami mais elle serait sûrement heureuse de faire le voyage avec lui. Il laissa sa voiture dans un garage du boulevard Charest. Ils prirent l'avion à L'Ancienne-Lorette.

Dans l'avion qui les emmenait à Rome, il lui demanda si elle voulait l'épouser. Elle lui dit qu'elle l'épouserait n'importe quand, à condition qu'il n'y ait pas de témoins; que, de toute façon, elle n'en voyait ni la nécessité ni même l'utilité. Il lui demanda si parfois elle n'avait pas envie de faire comme tout le monde. Elle lui répondit qu'il n'était pas comme tout le monde. Cela lui fit mal mais c'était de sa faute.

— Je t'aime beaucoup, tu sais, dit-il.

— Ça veut dire quoi?

Il répondit que ça ne voulait rien dire mais qu'elle aurait pu se passer de le lui faire remarquer puisqu'il le lui disait pour la première fois. Elle lui demanda s'il l'avait dit pour faire comme les autres. Il dit que oui. Elle lui demanda quel effet ça lui faisait. Il dit que ce n'était vraiment pas très magique, que c'était aussi bête qu'il avait toujours pensé.

— Moi aussi, dit-elle.

— Toi aussi quoi?

Ils partirent à rire. Ils riaient tellement que la tête d'en face se retourna pour montrer son visage et ils ne dirent plus rien.

Ils passèrent deux jours ensemble à Rome. Ensuite, il partit pour Ankara tandis qu'elle allait retrouver son ami. Il était heureux de se trouver à Ankara. Il avait découvert cette ville dans les mots croisés quand il avait dix ans. Il ne connaissait pas le mot de six lettres qui était le nom de la capitale de la Turquie. Il avait demandé à son frère, qui ne le savait pas non plus mais qui lui avait conseillé de chercher «Turquie» dans le dictionnaire. À l'époque, il avait cru découvrir Ankara alors qu'il avait découvert le dictionnaire tout simplement. Aujourd'hui, il jouissait de sa méprise. Il mit une semaine à découvrir Ankara pour de vrai. Son principal jeu était de découvrir en quoi Ankara ressemblait à L'Anse-au-Pet. Les traits communs étaient nombreux. Les êtres humains y avaient deux jambes, deux bras, une tête, etc., comme à L'Anse; ils marchaient sur leurs deux pieds; ils parlaient avec leur langue; ils achetaient des poireaux au marché; ils buvaient du café. Bah! Tout était pareil, sauf de petits détails sans importance.

Il revint à Rome et retrouva Irène, qui était libre. Ils rentrèrent ensemble à Montréal, puis à L'Anse-au-Pet en passant par Québec où il retrouva sa voiture.

Quand les vacances d'Irène furent terminées, il lui demanda encore si elle voulait l'épouser. Elle lui dit que non et lui demanda s'il était malade. Il lui dit que non, qu'il était malade la fois précédente, que tout allait bien cette fois, qu'il le lui avait redemandé pour être certain de ne pas lui faire de peine. Elle comprenait. Il lui dit qu'elle était une femme merveilleuse. Elle répéta qu'elle l'aimait beaucoup elle aussi. Il la remercia pour tout. Elle dit qu'il n'avait pas à la remercier, qu'elle avait été très heureuse, que tout était «chocolat».

C'était très vrai.

Il n'alla pas la reconduire à Montréal. Elle voulait faire le voyage en train. Il la laissa à la gare de Baie-Sainte-Catherine. Il revint à L'Anse-au-Pet tranquillement. Il arrêta même pour cueillir des cenelles.

Il mit une semaine à faire la haie. Puis, novembre précipitant les gelées, il s'encabana pour l'hiver avec beaucoup de livres qu'il fit venir, des piles de livres. Il dut en lire au moins trente pendant le premier mois. Après, il se donna un congé et chassa le lièvre.

14

Thalès, qui avait pris le *Bessborough* à Southampton, entra dans le golfe par la route non orthodoxe du détroit de Belle-Isle. Chose curieuse, les météorologues avaient signalé un amoncellement inhabituel de banquises dans le détroit de Honguedo, ordinairement si calme, en même temps qu'ils recommandaient le passage de Belle-Isle, balayé par un fort vent du nord-est. Il n'en avait pas fallu davantage au capitaine Talley, du *Bessborough*, pour prendre la route de Cartier et des autres, encore qu'elle commandât un détour de quelque deux cents milles marins. Et que sont quelque deux cents milles marins en regard d'une navigation dangereuse quand on porte Thalès à son bord et qu'on le veut mener à bon port?

Thalès, lui, n'en soupçonnait rien. Il était à la proue comme jadis Myrto et il invoquait tout à la fois les étoiles et les horizons, toujours étonné de ne pas trouver plus de relief à la terre et plus de diversité aux étoiles. Le relief, surtout, l'intriguait. Il était même à la veille d'ébaucher une théorie des vents basée sur la rotation de la Terre et le nivellement obligatoire de la planète par son mouvement axial quand le *Bessborough* s'immobilisa sur des hauts-fonds entre deux îles, juste devant Old Port, ou Old Fort, selon les cartographes, ce site préhistorique qui jadis rassemblait Portugais, Basques et Norvégiens en quête de terres, de morue, d'huile de baleine et de quoi encore ?

Thalès fit contre mauvaise fortune bon cœur. Il attendit patiemment. Il découvrit à la lunette les terrasses semicirculaires du vieux poste et s'efforça d'en deviner les ruines au-delà des cabanes qui jonchaient le rivage. Rien. Rien. Il ne restait plus rien. Il revit en rêve la merveilleuse activité de naguère et le troc sanglant des marchands barbares. Il compta les massacres d'Esquimaux aussi bien que ceux des baleines pour en conclure que la civilisation était une chose atroce et merveilleuse, historiquement puante. Il se revit à Milet et s'y trouva bien, encore qu'il n'ignorât pas les antécédents de son village au moment où il y naquit et y instaura la philosophie occidentale.

Il ne pouvait plus, évidemment, croire au principe premier de l'eau. Même les appareils élémentaires du *Bessborough* la décomposaient pour en tirer l'aliment des piles du navire. Il se trouva comique d'y avoir seulement pensé et se consola par l'omniprésence de l'hydrogène et de l'oxygène dans la chimie des vivants. Au fait, il ne s'était pas trompé de beaucoup. Historiquement, cela n'avait pas d'importance. Même les pêcheurs de Old Fort, ou Old Port, ne savaient rien de la querelle scientifique qui avait animé l'école ionienne. David Fecquet, pour un, pêchait encore la morue comme son ancêtre de Néanderthal, à supposer que ce fût son ancêtre, car rien ne permettait de l'affirmer catégoriquement. Le contraire était même soutenable. Et fort bien. Ce qui n'empêchait pas David Fecquet d'être un brave homme et d'avoir des principes inébranlables en tout ce qui concerne l'accessoire et qui fait l'essentiel d'une vie communautaire médiocre.

David était sur le quai. Il fumait sa pipe et regardait le *Bessborough* perché sur la dune invisible. Il échangeait des commentaires avec ses concitoyens, commentaires inutiles qui agrémentaient quand même une belle journée d'automne et qui, à tout prendre, étaient agréables. Les entendant deviser, Thalès ne put s'empêcher de penser que la vie était faite de broutilles et que l'important n'existait que dans la tête d'idiots comme lui. Il s'en félicita presque, non pas d'être idiot mais d'être lucide, et il eut une bonne pensée pour Fecquet, qui allait mourir noyé le 13 juin 1976, à trois kilomètres du quai, par un vent fou de quatre-vingt-quinze kilomètres à l'heure; qui allait mourir sans s'être jamais demandé si l'eau était un principe premier de l'être ou de la merde! Il eut aussi une bonne pensée pour Mark Fecquet, le fils de David, qui, prenant un jour le bateau pour Montréal, allait y décrocher un poste d'opérateur de machines fixes dans une usine de Lachine et y travailler cinquante ans avant de prendre sa retraite en l'an 2070, millionnaire, ayant su placer son argent à cent pour un dans une industrie de communications nommée Ultra Sonar Media.

Tous ces petits faits étonnaient un esprit comme Thalès. Il ne pouvait se résoudre à les accepter comme intelligibles, même s'il les trouvait parfaitement cohérents et compatibles avec les dés. Il avait encore des notions de chimie des corps et se résignait mal à croire qu'il ignorât la chimie des événements, où l'imprévisible était loi, où la cause intentionnelle ratait à tout coup. Il s'en consola en portant son regard sur les montagnes, au-delà de la ligne du rivage, où il vit flotter une multitude d'esprits livrés au vent et à eux-mêmes. Pour peu, il se serait mêlé à eux, mais le *Bessborough* s'attachait lourdement à ses pieds et le remorqueur était en vue. Le capitaine Talley, aussi, le gardait à l'œil. L'American Seaway Travel lui avait multiplié les recommandations et Thalès devait débarquer à Québec sans histoire, ce qu'il ferait, foi de capitaine.

Et ce qu'il fit.

Car les rêvasseries de Old Fort ne changèrent rien à son destin. Le *Gulf Rescue* arriva le surlendemain et tira le *Bessborough* de sa position, dite fâcheuse par tous les journalistes, en moins de rien, à la faveur de la marée haute. Après quoi le navire quitta le labyrinthe des îles pour voguer à découvert sur les hautes eaux qui le menèrent sans avarie jusqu'au quai de la Reine.

Les agents de l'American Seaway Travel l'y attendaient distraitement, faut-il croire, car Thalès passa inaperçu malgré la toge blanche que lui avait donnée la statuaire antique. Il put gagner sans peine la gare Saint-Roch, où il prit le premier autobus pour Baie-Sainte-Catherine. Personne là non plus. Il marcha. Deux heures il marcha, sans être encore rendu. Une voiture passait qui le prit. Il sauta montagnes et vallées et arriva à dix-sept heures pile à L'Anse-au-Pet.

Il prit soin de bien regarder les alentours, comme pour en mieux sortir au besoin. Précaution inutile car il n'entra même pas. Il eut soudain une vision du monde qui le pulvérisa, si l'on peut dire, et il disparut mollement comme une fumée au-dessus des épinettes.

À Québec, l'American Seaway Travel l'attendait toujours, mais quand on comprit qu'on ne le trouverait pas, ou qu'il n'était même pas venu peut-être, on refusa d'alerter la presse et on se contenta de compter les dollars perdus, ce qui, dans un budget annuel, était fumée comme Thalès.

Quant à lui, voyant le philosophe s'évaporer sous ses yeux, il ne s'en chagrina pas. Il pensa seulement que cela devait être et que la conversation n'aurait été que de peu d'intérêt puisqu'on n'avait pas jugé nécessaire qu'elle eût lieu.

«Tout ce que le hasard condamne ou défait n'était pas nécessaire», conclut-il simplement.

Sa conclusion lui était venue naturellement. Maintenant, la réflexion y ajoutait de la profondeur. Tout ce que le hasard condamne ou défait n'était pas nécessaire! Il avait l'impression d'avoir trouvé une clé perdue dans le sable. Tout ce que le hasard condamne ou défait n'était pas nécessaire! Et les Premiers ministres morts au bord de leurs projets? Et les parents en larmes devant les cadavres des petits? Et les adolescents tués dans la course qui les emportait? Tout ce que le hasard condamne ou défait n'était pas nécessaire! Une broutille vaut l'autre à condition de ne pas chercher à distinguer dans les broutilles. Mais encore? Tout ce que le hasard condamne ou défait n'était pas nécessaire! Il eut un vague vertige qui le jeta sur le sol. Il crut un moment suivre Thalès dans sa molle odyssée, mais non. Il se réveilla dans la rosée, vers trois heures, grelottant, surpris, heureux de voir l'aube aux doigts de rose lui rappeler tout à la fois Homère et Thalès, fantômes imaginés et sitôt disparus, restants d'une épopée fumeuse que l'électronique avait abolie pour le meilleur des mondes. Et il courut jusqu'à la grève se tremper les pieds dans la bordure mousseuse de la mer qui montait. Là, il vit David Fecquet et l'envia un peu.

15

Une semaine avant Noël, une voiture arriva chez lui. C'était le premier voisin d'en haut. Il était inquiet de le savoir là tout seul depuis deux mois et il venait voir s'il ne manquait de rien. Il se rappela qu'il n'avait pas utilisé la voiture une seule fois depuis deux mois.

Trois jours avant Noël, une autre voiture. C'était Irène. Elle avait fait le voyage en train et avait pris un taxi à Baie-Sainte-Catherine.

— Fallait me le dire !

Il était très malheureux. Il ne s'était ni lavé, ni rasé, ni changé depuis qu'il chassait le lièvre et la maison avait la même gueule. Irène ne fut pas trop surprise. Elle lui dit seulement qu'il sentait fort. Il lui donna les clés de la voiture et l'envoya faire des courses. Elle alla faire un tour et revint au bout d'une heure. Il était beau comme tout. Elle n'eut plus qu'à lui couper les cheveux et ce fut facile car il venait de les laver. Elle fit du ménage un peu, puis annonça qu'elle voulait cuisiner. Ils dressèrent une liste et descendirent à Baie-Saint-Paul. Elle fit des tartes aux pommes, des biscuits aux épices, des boules de coco; trois ou quatre sortes de soupes qu'ils mirent dans de grands pots; une dinde rôtie, une longe de porc rôtie, une galantine de veau, une autre de poulet; un ragoût de boulettes. Lui, il fit un pâté de lièvre et un pot de fèves avec deux perdrix dedans. Tout cela en deux jours. Ensuite, il alignèrent le tout sur la table et se mirent à rire. Ils étaient tellement écœurés qu'ils voulaient aller manger au restaurant. Ils firent cinquante kilomètres en voiture pour aller manger des mets chinois à Saint-Cyprien. Le restaurant était fermé et ils durent aller au motel *Les Flots bleus*. La serveuse leur offrit de la soupe aux pois et du ragoût de boulettes. Ils se regardèrent le plus sérieusement du monde pour ne pas éclater.

— Nous prendrons des hot-dogs, mademoiselle. Chacun deux hot-dogs *relish*-moutarde avec du Coca-Cola.

Ils étaient très heureux ensemble et ils revinrent après avoir mangé.

Il était proche minuit, proche Noël. Ils mirent des raquettes et partirent à travers champs. Quand il commença à neiger, il dit :

— Manquait plus que ça!

Ça ressemblait trop au Noël des gravures. Ils rentrèrent. Il ouvrit le poêle et ils s'assirent devant. Il vint pour lui dire que cela lui rappelait des souvenirs mais il décida d'attendre à plus tard. Elle avait une sorte de fou rire, rien qu'à penser qu'elle aurait pu dire : «Ça me rappelle des souvenirs.»

Ils parlèrent. Lui, des livres qu'il avait lus; elle, de la vie à Montréal. C'était grave, sérieux et beau, leur affaire. Les gens se parlent rarement aussi bien qu'ils se parlaient, et pour dire autant de choses. Quand elle n'eut plus rien à dire, elle se leva, alla fouiller dans ses bagages, lui apporta son cadeau. C'était une télévision portative avec un ruban rouge autour. Il était très gêné. Elle l'installa sur le bahut et la brancha.

Cela fit un éclair bleu et ils virent le cardinal qui achevait de dire sa messe. Ils regardèrent jusqu'à la fin sans parler. Un homme chanta *Nouvelle agréable* et il chantait bien. Puis on vit sortir les gens de l'église. Elle dit que ça lui faisait mal. Que tout cela était tellement faux que ce n'était pas possible. Il dit que ça lui faisait penser à Hanoi, à Montevideo et à Oslo. Elle dit que ça lui faisait penser à la lutte. Elle raconta que son père regardait encore la lutte à la télévision et qu'il pouvait rester deux heures sans parler si le «bon» se faisait rosser. Il se leva et ferma l'appareil.

— Il y aura d'autres émissions, tu sais.

Elle était heureuse qu'il soit content de son cadeau. Il la prit dans ses bras. Après, il la coucha sur le tapis tressé. Puis ils burent un verre de scotch et mangèrent de la galantine de veau avec un verre de vin. Elle voulut faire du café pour prendre avec les biscuits mais il lui apprit que c'était merveilleux avec du vin. Elle aima beaucoup cela. Après, ils se couchèrent.

Le lendemain, la neige était collante. Ils firent un bonhomme de neige. Ils construisirent un fort autour. Ils lancèrent des boules au bonhomme et ils s'en lancèrent. Elle lança une boule dans une vitre, sans faire exprès. Il dut poser un carton à la place. Elle prit de l'encre et sa trousse de maquillage et fit un beau dessin sur le carton.

Le soir, ils mangèrent le pâté de lièvre. Elle en mangea un tout petit morceau et lui, presque tout le reste.

Ils étaient venus se rasseoir devant le poêle quand elle lui annonça son mariage. L'homme était plutôt vieux, plutôt riche et bon. Elle savait qu'elle serait heureuse. Elle pourrait continuer de travailler. Ils voyageraient. Cela semblait en effet très simple et très correct. Il lui dit qu'il était très content pour elle, ce qui était tout à fait vrai, et que c'était à son tour de lui faire un cadeau. Il alla au hangar et en revint avec une patte de lièvre. Elle lui dit qu'il n'y en avait pas deux comme lui, rit et l'embrassa.

Elle resta encore deux jours et partit. Il la laissa à Baie-Sainte-Catherine. Il lui demanda de l'abonner à *La Presse* pour trois mois. Il voulait se trouver du travail pour le mois de mai. Il lui dit adieu et lui souhaita bonne chance.

Revenu à la maison, il sortit tout ce qui était encore bon et le mit à congeler sur la galerie. Il rentra et alluma la télévision. C'était un concert très ennuyeux. Il pensa à Irène. Ça lui faisait tout drôle qu'elle se marie et il était content que ce ne fût pas avec lui. Il se demanda ce qu'il ferait des quatre mois qui le séparaient du 1er mai. Le Premier ministre vint offrir ses vœux à l'écran et il se mit à rire. Il se demandait par quel miracle les gens avaient cessé de croire aux cardinaux sans pour autant cesser de croire aux Premiers ministres. Celui-là le rendait aussi misérable que le cardinal de Noël mais il était plus rigolo avec sa moustache. Il alla chercher du papier et un crayon, et il écrivit tout le restant du jour et toute la nuit. Ça lui faisait tout drôle d'écrire. Il ne se souvenait pas d'avoir écrit depuis qu'il avait laissé les études. C'était facile. Il n'en revenait pas de voir comme c'était facile. Il avait écrit une quinzaine de pages quand il arrêta. Le soleil se levait et la journée promettait d'être belle. Il alla se coucher très content.

16

Des fois, il se trouvait tellement bandé sur l'avenir qu'il n'arrivait pas à rester en place. Il se demandait quoi faire, comment durer jusqu'au lendemain. Alors, pour n'y plus penser, il faisait une course à travers bois, jusqu'à l'épuisement total. Il restait étendu dans la neige ou les feuilles, attendant que le souffle lui revienne. Remis, il se relevait lentement et revenait, distrait par la moindre branche, le plus simple oiseau, toutes antennes ouvertes au moindre rien.

«Peut-être que j'enregistre trop de choses.»

Il enregistrait sans le savoir et les bobines n'arrêtaient pas de tourner dans sa tête. Un jour, il les vit et en eut peur. Sans même s'en rendre compte, il était monté jusqu'au sommet de la tourelle. Il avait le fleuve à ses pieds et le regardait mais il ne voyait que des bobines tourner dans sa tête. Il se demandait ce qu'elles avaient pu enregistrer et il se mit à parler à haute voix, sans penser, pour, espérait-il, en connaître le contenu.

«Le temps passe entre mes dents comme le vent entre les arbres. Où va-t-il pour que, couché dans mon lit, les yeux ouverts sur le soir, je me le demande tout à coup? J'ai vingt ans, j'en avais dix; j'ai trente ans, j'en avais vingt; demain, j'en aurai quarante. Hier, on a fêté mes quatre-vingts ans à Napierville où je suis mort.

« *Tout ce temps dont je me souviens à peine et qui fut la mesure de ce que j'ai fait. Ai-je donc si peu fait pour que, fermant les yeux, je n'aperçoive sur le vide profond que de fuyantes galaxies? Ai-je donc si peu fait et que ferai-je de plus?*

« *Le temps a fui comme les chemins que la brume efface. Je sais qu'il est derrière, que je ne le ferai ni ne le verrai plus. Et les mots que je dis dans ma tête lèvent comme des oiseaux apeurés par le coup de feu. Ils font un grand tournoiement fou dans le ciel et disparaissent derrière la rondeur du coteau.*

« *Jadis, quand j'étais enfant, un oiseau venait me voir en rêve et me racontait ses journées. A-t-il deviné, un jour, que je ne l'écoutais plus? C'était à cause du latin, de la version latine qu'il me restait à terminer. Je m'étais endormi mais la version avait continué de passer devant comme une bande magnétique. Le lendemain, la version était terminée mais l'oiseau n'était pas venu. Seulement, je ne m'en suis pas aperçu tout de suite. Je m'en suis aperçu quelques semaines plus tard. Et parce que j'étais jeune, j'ai dit : "Et puis après? Il faisait toujours la même chose."*

« *À moins que ç'ait été la faute de l'automne. Enfant, je n'y avais pas pensé, mais adulte, j'y pense. C'était l'automne. J'avais cru que c'était la version mais c'était certainement l'automne. L'adulte fait de ces découvertes inutiles! L'oiseau sera mort en route puisqu'il n'est pas revenu. Quand même, c'était bon, cette visite quotidienne. Puisqu'il est mort, il faudrait en apprivoiser un autre. Je ne sais plus très bien comment cela se fait. J'ai oublié. J'ai oublié tant de choses.*

« *Seigneur! Qu'on en oublie, des choses!*

« *On oublie la couleur des chaussettes que l'on portait à Noël de l'année 1949. Et le nom du premier barbier qui vous a coupé les cheveux. C'est bien ainsi. La vie est si lourde qu'il ne faut pas essayer d'emporter avec soi le passé. Chacun n'emporte qu'un petit nombre de choses, qu'il vaudrait mieux laisser derrière. Comme le vagabond des anciennes images qui partait sur la route avec son trésor noué dans un mouchoir à carreaux rouges.*

« *J'aurais de la difficulté à nouer mon trésor dans un mouchoir. J'en ai bien un à carreaux rouges mais il serait trop petit. Mon trésor, une grande maison ne le contiendrait pas tout. Quoique, en y pensant bien... Je pourrais laisser ça. Ça. Ça. Et ça aussi. Je suis dans le grenier en ce moment. Je suis à faire le ménage. J'aime bien faire le ménage du grenier. Quand je décide de faire du ménage, je commence toujours par le grenier. J'ouvre la porte et je m'arrête longuement devant le carré jaune que le soleil a peint sur le plancher. Ensuite, je donne un coup de pédale au rouet.*

« *Ça, c'est un jeu merveilleux. À condition de ne l'utiliser qu'une fois par semaine. Comme ça, il se recouvre de poussière. Un enfant qui oublierait et qui ne jouerait qu'une fois par mois en tirerait un plaisir plus grand encore. Tranquille au grenier, le rouet se recouvre de poussière. Un jour, on entre, on le pose dans un rayon de soleil, on donne un coup de pédale et c'est l'émerveillement. La poussière dans le soleil, c'est comme un feu d'artifice. Ou comme des gaz incandescents à la bouche d'une turbine. Cela vole en tous sens et se tord et se roule.*

« *C'est un jeu si merveilleux qu'il est bref. Autrement, il serait moins beau peut-être.*

« *— Tu fais du ménage ?*

« *— Oui, oui. Je fais du ménage.*

« *Que mettrai-je dans le mouchoir à carreaux ? Je crois que je ne mettrai rien. Le rouet ? La chaise trouée ? Les*

portraits des ancêtres ? Et ces caisses pleines de souvenirs ?
Et les doubles fenêtres ? Et les pièges à souris ?

« *Je ne mettrai rien dans le mouchoir. Je partirai sans*
mouchoir, laissant là tout le trésor. La belle joie de celui
qui viendra par hasard ! Il ouvrira la porte, entrera, fera le
tour de la maison, jettera un coup d'œil aux fenêtres et
s'assoira enfin, disant que voilà bien une belle maison. Il
trouvera la cafetière sur l'étagère et le café dans l'armoire.
Il montera à l'étage et ouvrira un livre.

« *Tandis que moi je serai parti.*

« *La route joue comme un enfant dans les paysages. On*
la suit en sachant qu'au bout il y a une ville.

« *C'est bien fait, une ville. Bien fait pour retenir les*
gens dont elle a besoin. L'homme ne saurait errer éternel-
lement. Ceux qui fabriquent les villes le savent. Ils cons-
truisent les rues de telle sorte que l'une mène à l'autre. On
y entre plus facilement qu'on n'en sort, car toutes les routes
mènent à la ville tandis que les rues, elles, n'en sortent pas
toutes. Il faut connaître la bonne ; il faut apprendre le dé-
dale et savoir le nom de celle qui nous ouvre la porte.

« *Beaucoup ne retrouvent jamais la porte par où ils*
sont entrés. Quelqu'un leur offre du travail. Quelqu'un leur
offre de l'amour. Ils n'ont pas le temps de se remettre de
leur surprise qu'ils ont déjà une maison quelque part le
long d'une rue et, dans la maison, une femme qui prépare
des repas et des enfants.

« *Les uns naissent dans la ville et y meurent. D'autres*
viendront de très loin sans savoir qu'ils s'y arrêteront un
jour. La ville qui vous attrape est toujours la dernière. À
peine se rappelle-t-on des précédentes. Il n'en existe plus
qu'une. Et pour une qui vous attrape, combien d'autres
sont traversées distraitement, sans prendre ni laisser de
poids ! Saskatoon, Memphis, Limoges, Stuttgart. Et pour-
quoi pas Hanoi, Montevideo ou Oslo ?

«Je ne compte plus les villes laissées derrière. Pourquoi en ai-je tant traversé? Pourquoi? Les villes, il y en a plein les pays. J'en ai vu d'immenses qui projettent au ciel des structures fantastiques, des grilles de mots croisés. Et d'autres qui moutonnent à peine au fond des vallées.

«Quand on est dans la ville, on oublie vite la vallée. On appelle vallée toute déclivité importante du relief terrestre qui, ayant atteint le point zéro de sa pente, se corrige sur un autre versant. Les manuels de géographie ont l'habitude d'en montrer au moins une. Le plus souvent, il s'y trouve un ruisseau couché au fond. Les ruisseaux sont de fieffés paresseux. Ils font mine de courir mais regardez-les bien sur la carte : ils sont toujours couchés au fond des meilleures vallées. Voilà une autre chose oubliée dans les villes : les ruisseaux!

«Seigneur! Qu'on en oublie, des choses!

«Il en est une qui me vient à l'esprit. Vite, vite, les majuscules! Vite avant qu'elle ne se sauve! Il lui faut sa place en lettres noires sur le blanc du papier. FAIRE FAIRE FAIRE FAIRE FAIRE FAIRE FAIRE.

«Les hommes ne savent pas pourquoi ils vivent. Ils savent seulement qu'ils vivent et qu'il leur faut vivre mieux. Voilà. Et l'homme qui se demande pourquoi il vit, celui-là est déjà mort. Celui-là est déjà mort.

«On ne peut pas être mort et vivant à la fois. Aussi faut-il éviter de se poser la question. Celui qui vit doit savoir qu'il est vivant et ne se préoccuper que de cela. Qu'il se retire pour réfléchir, voyez déjà comme il est pâle. C'est comme un moulin qui devrait moudre sans grain. À ne rien broyer d'autre, il se broierait lui-même; il s'userait deux fois plus vite. Après un temps, vous lui mettriez du grain qu'il continuerait de tourner sans moudre. Trop de jour entre les meules.

«Il n'est pas bon que l'homme ait trop de jour entre les meules. C'est le signe qu'il est mourant, qu'il ne fera plus rien. Être ne suffit pas. Avoir n'ajoute rien. Il faut faire. FAIRE FAIRE FAIRE FAIRE FAIRE FAIRE FAIRE. Entre la naissance et la mort, il ne se trouve rien d'autre. »

17

En s'éveillant, il relut le tout et n'en fut pas content. Il n'écrirait plus. C'était aussi simple que cela. Il ne lirait plus non plus. Ça lui cassait la tête et il en oubliait de vivre. Il se demanda ce que c'était que vivre et il se répondit que c'était vivre. Alors, il décida qu'il aurait un bateau.

Il mit tout le reste de l'hiver à le construire. Tranquillement. Tandis que janvier se défaisait de toute sa neige, que février déroulait ses vents et que mars réinventait des soleils décents. Il construisait le bateau par cœur, sans plan, sans rien savoir de ce qu'est un bateau. Il déjeunait le matin, s'enfermait au hangar qu'il chauffait avec des copeaux, et travaillait jusqu'au soir. Il rentrait fourbu et dormait comme une brute. Parfois, avant de s'endormir, il ouvrait la télévision. Mais la télévision lui racontait des histoires d'un autre monde et cet autre monde n'existait plus pour lui.

Quand le bateau lui posait trop de problèmes, il sautait dans sa voiture et roulait jusqu'à Petite-Rivière. Là, il passait des heures avec le père Joseph. Le père Joseph se moquait de lui. On ne s'improvise pas constructeur de bateau. Mais il répondait qu'il n'avait rien à faire, qu'il s'en tirerait bien, qu'il voulait simplement voir la façon la plus commode d'attacher la varangue à la quille. Et le père Joseph lui montrait.

Il aimait bien le père Joseph. Celui-ci avait fait des bateaux toute sa vie. Des gros avec les autres quand il était plus jeune ; des petits à présent qu'il était seul à en faire. Mais ce qu'il préférait par-dessus tout, c'était d'en faire dans des bouteilles. Cela, lui ne pouvait le comprendre. C'était la passion du vieux Joseph. C'était aussi la meilleure partie de son gagne-pain. Il les montrait à tous venants et, l'été, les venants étaient nombreux. Plus nombreux que les imbéciles qui se mettent en tête de naviguer.

Le bateau fut prêt le 1er avril. Mais il n'avait pas de moteur. Le père Joseph voulait bien l'aider mais il lui fallait voir le bateau. Il emmena le père Joseph à L'Anse et il fut fier de lui quand il vit le père Joseph échapper sa pipe ! Le bateau mesurait six mètres.

— C'est pas un bateau, ça ! C'est un canot !

— Si vous voulez, le père, mais il me faut un moteur !

Le père Joseph n'avait pas de moteur mais François à David en avait un qui ferait bien l'affaire. Ce fut tout un bordel d'installer le moteur de François à David là-dessus, mais le 30 avril c'était fait. Et le 15 mai le père Joseph vit sautiller au bout de son quai une drôle d'embarcation qui tenait la mer tant bien que mal, avec un marin trempé qui, après vingt-cinq kilomètres de navigation, venait lui demander s'il ne pouvait pas l'héberger, le temps de se faire sécher un peu.

Tout Petite-Rivière vint au bout du quai voir ce bateau qui n'en était pas un. Mais il y avait des enfants qui trouvaient que c'en était un. Et quand on le vit repartir au montant, ce fut d'abord avec un grand éclat de rire car la première vague sauta la proue pour l'inonder. Et la deuxième de même. Et la troisième et toutes les autres. Ce qui n'empêcha pas le bateau qui n'en était pas un de disparaître derrière Pointe-d'Aulnes pour gagner L'Anse-au-Pet.

Il s'était fait venir des cartes maritimes, des livres savants sur les plantes, les poissons, les crustacés, les oiseaux. Il avait écrit à Irène : «Fais-moi un cadeau. Achète-moi des jumelles.» Irène lui avait fait un cadeau. Tout cela lui faisait une vie nouvelle à vivre. Plus question d'aller travailler le 1er mai. Cette vie, il la vivrait jusqu'au bout. Il avait seulement un peu peur qu'elle fût brève.

Brève, elle le fut, mais pleine jusqu'au bord du verre. Tout l'été, il courut des îles. Il apprit par cœur le nom des canards, des cormorans, des goélands avec qui il vivait. Il apprit à connaître les plantes de toutes les îles qu'il visitait.

Comme il n'était pas toujours facile d'emporter les manuels avec lui, il avait pris le parti de ramener ses découvertes à L'Anse. Sa maison devint une sorte de laboratoire maritime où s'empilaient les êtres les plus hétéroclites de son nouvel univers : minéraux, mollusques, laminaires, fossiles, poissons, ossements de toutes sortes. Ils y restaient le temps de recevoir un nom, le temps de dire ce qu'ils étaient, ce qu'ils faisaient ou avaient fait dans ce royaume mouvant qui devenait peu à peu le sien.

Ensuite, il jetait. Il ne gardait rien ailleurs que dans sa tête.

Il était toujours équipé pour une semaine, et bien lui en prit car son berceau ne souffrait pas tous les temps. Il apprit à connaître les vents et les anses qui pouvaient l'abriter. Il fut souvent séquestré dans des baies dont il ne pouvait sortir qu'à des moments précis, qu'il apprit à connaître par le calcul des vents et des marées. Il mit un mois à réaliser qu'il vivait désormais suivant un rythme lunaire, que le soleil comptait moins pour lui que les effets de pompe de la lune sur les eaux.

Mise au courant de sa nouvelle marotte, Irène lui fit parvenir un livre qu'elle avait volé à la Bibliothèque municipale de Montréal et qui reproduisait le «routier de Jean

Alphonse de Xantoine, premier pilote du sieur de Roberval, où est représenté le cours du fleuve Saint-Laurent, depuis le détroit de Belle-Isle jusqu'au fort de France-Roy en Canada». Il s'en amusa follement. Boussole en main, il se penchait sur les cartes et vérifiait les vieux dires.

«L'Isle Raquelle et l'Isle aux Lièvres gisent Nord-Est et Sud-Ouest, et en prenant un quart de l'Est et Ouest, elles sont distantes de dix-huit lieues. L'entrée du Saguenay et l'Isle aux Lièvres gisent Nord Nord-Est et Sud Sud-Ouest, et elles sont distantes de cinq lieues. L'entrée du Saguenay et l'Isle Raquelle gisent Nord Nord-Ouest et Sud Sud-Ouest, et elles sont distantes de trois lieues.»

C'est d'ailleurs à l'île aux Lièvres, «gisant Sud-Ouest», qu'il rencontra Jonas. Il avait monté sa tente à la pointe sud de l'île, d'où l'on voit passer quatre fois par jour le traversier de Rivière-du-Loup et Saint-Siméon. Il voulait faire l'inventaire de ce qu'il avait vu. Mais, après avoir gribouillé quelques pages, il trouvait ça maigre. Il avait beau lire et relire, il y manquait quelque chose d'essentiel. C'était vide et plat. Il jeta le tout dans la tente pour aller traîner sur la batture. En contournant un gros rocher qui barrait une anse, il vit un vieux bonhomme assis sur le sable, lui tournant le dos. Il était intrigué mais allait passer outre quand le vieux lui dit, sans même se retourner :

— Vas-tu flâner ici longtemps?

Il en resta cloué!

— Qu'est-ce que tu cherches?

— Je cherche rien!

— Qu'est-ce que tu fais?

— Je m'amuse!

— Tu t'amuses? Tu t'amuses! Bout de maudit! Tu appelles ça t'amuser?

— Vous, qu'est-ce que vous faites?

— Ce que j'avais à faire, je l'ai fait.

Jonas ne disait plus rien et lui n'osait pas lui demander ce qu'il avait fait. Il resta là à attendre qu'il lui dise quelque chose, et, comme il ne disait rien, il ne resta pas là. Il s'en alla le plus délicatement du monde, quitta la batture et piqua vers les sapins. Quand il fut bien à l'abri des sapins, il se retourna pour contempler le bonhomme à son aise. Mais le bonhomme n'était plus là!

Il était parti lui aussi! Et qui était-il? Il voulait revenir à la tente mais il fit un grand détour à travers bois et revint par la rive opposée. Le bonhomme était assis devant sa tente en train de lire son gribouillage!

Ce serait à son tour de lui demander ce qu'il faisait là! Et sur quel ton!

— Non, mais! Qu'est-ce que vous faites là, le père?

— Appelle-moi Jonas!

— Quoi?

— Moi, c'est Ninive qui me triturait le cerveau. Pas rien que le cerveau. Même que j'en avais plein le cul. J'ai pris le bateau pour Tarsis. Il a fait un temps de tous les diables et je ne me suis jamais rendu. Tu sais le reste...

— Non!

— J'ai eu la paix quand je suis allé à Ninive!

— Quoi?

Il ne comprenait pas. Jonas n'allait pas l'aider à comprendre car il n'y était plus. Il était seul entre sa tente et son canot, un peu comme saoul — le soleil, qu'il se dit —, avec un crayon et du papier dans les mains, et presque rien sur le papier.

Il rentra à L'Anse-au-Pet mais il dut faire un bout à la nage et un autre à pied en sautant sur les traverses de la voie ferrée car son canot s'était cassé en deux sur les couillons du cap de la Corneille.

18

Son voisin chasseur vint un jour lui porter une lettre qu'à l'écriture il reconnut être d'Irène. Il l'ouvrit et s'apprêtait à la lire quand il vit son messager s'asseoir pour causer. Ce dernier était déjà bien installé quand il le pria de s'asseoir. Il lui offrit une tasse de café que l'autre refusa d'un air entendu.

Il s'empressa de la lui servir. Il se promettait bien de lire pendant que l'autre allait siroter, mais celui-ci, sitôt servi, se lança dans une tirade sur la rareté du bois, la non-élasticité des coupes et la nécessité d'aller toujours plus loin en forêt pour trouver du gros bouleau.

— J'te fais ton bois d'hiver gratis si tu m'en laisses quatre arpents à bûcher.

«Mon cher, j'ai des amants plein les bras et je m'ennuie de toi, le croiras-tu? Parce que tu te fais rare, sans doute. Il n'y a pas d'autre raison.»

— Tout du beau bouleau. Il serait ben sec à l'automne. Charrié, rendu, comme de bonne!

Elle avait des amants plein les bras. C'était inévitable. Quand on s'appelle Irène et qu'on est comme elle est. Il l'imaginait le matin, se lavant les dents. Pensait-elle seulement à lui? Sûrement puisqu'elle lui écrivait. Il essaya de deviner à quel moment elle pensait à lui. Aussitôt, il lui vint à l'esprit que c'était la dernière des conneries et qu'il n'en voulait rien savoir dans trois siècles.

— Oui, ce bois! Quatre arpents, c'est beaucoup, non? Mon bois d'hiver, vous me le bûcherez sur un arpent tout au plus. Je vous en donne un autre pour vous et ça fait!

L'autre le regardait bêtement, mais plus il le regardait, moins il le trouvait bête. Cet homme n'avait aucun détour dans sa tête. Adam devait lui ressembler. Les détours, il les fabriquait en parlant pour emberlificoter l'autre. Ils se regardaient maintenant sans rien dire et le premier à parler serait perdu. C'est lui qui perdit.

— Quatre arpents, c'est trop.

Il lui sembla qu'il passait sa casquette devant sa figure seulement pour cacher son sourire. Quand il la ramena sur son front, son visage était impassible.

— Si c'est trop, c'est trop!

Il n'y avait plus rien à dire. L'autre, en tout cas, ne dirait plus rien. Mais le bois pour l'hiver? Il y avait d'autres moyens, mais celui-là eût été si simple.

«Cela ne m'empêche pas de m'ennuyer de toi. Mon mari est tout ce qu'il y a de plus gentil. Il a souvent voulu que nous fassions le voyage à L'Anse. C'est moi qui l'en ai à chaque fois dissuadé. Pourtant, je n'ai pas peur de te revoir. Seulement, il me semble que ce n'est pas possible de te revoir comme je voudrais. Peut-être que je me trompe.»

— Peut-être que je me trompe, mais il me semble que vous bûcheriez facilement mon bois d'hiver sur un arpent et le vôtre sur un autre. Alors, deux arpents, c'est juste!

— Le bûcher, c'est pas à cause! Mais le débiter, le transporter... Non, laisse faire. Quatre arpents, c'est régulier. Si ça fait pas, ça fait pas.

— Débité?

— Rendu dans ton hangar !

— Ouais.

Elle ne se trompait sans doute pas. S'il avait fallu qu'elle amène son mari à L'Anse, il en aurait été quitte pour Hanoi, Montevideo ou Oslo alors qu'il y tenait peu ou prou.

— Trois arpents, d'abord !

— Ouais...

«Je te dis quand même que je t'aime. Je me sentirais aussi ridicule de le dire à un nuage. Mais je t'aime, insaisissable vagabond. Je t'embrasse. Irène.»

— D'accord pour trois arpents ?

— J'vas t'le faire pour trois arpents, d'abord.

Il partit comme il était venu, et, l'automne d'ensuite, alors qu'il apportait le dernier voyage de bois d'hiver, il vint frapper à la porte avec encore une lettre à la main.

Irène encore. Mais ce n'était pas elle qui écrivait. Elle était morte.

19

Les funérailles eurent lieu le 2 novembre, un lundi. Pourquoi y allait-il? Il ne le savait pas. Cela lui semblait convenable. Il aurait très bien pu laisser tomber. Rien que d'y penser le rendait grognon. Il voyait le cercueil descendre dans la fosse. C'était le principal. Il n'y avait rien d'autre et pourtant cela ne lui suffisait pas. Il lui sembla qu'il regretterait toute sa vie de n'avoir pas été là. Cela lui était absolument indispensable et il ne voulait pas se l'avouer. Il se mit en tête que le voyage lui ferait du bien et la question fut réglée pour un temps.

Il se leva à cinq heures, se rasa, avala un café. Devant le miroir, il se demanda où il allait avec sa chemise blanche et sa cravate. Il se dit qu'il allait à des funérailles et qu'il reviendrait le soir même. Il crut qu'en se fermant la porte avait fait un bruit étrange. Comme si le claquement avait été trop sec. Il n'y fit plus attention et sauta dans la voiture, mais cela lui revint en fermant la portière. Pourtant, la portière s'était refermée le plus simplement du monde. Il se regarda dans le rétroviseur. Il se passa les mains sur les joues tout en se regardant. Il replaça son nœud de cravate, qui n'en avait aucun besoin. Après, il le relâcha pour être plus à l'aise. Il tourna la clef et démarra.

Il avait neigé dans les hauts. La route était noire et luisante ; le pays était blanc. Cela faisait une situation claire et nette qui l'amusa beaucoup. La route n'était pas du pays, elle le traversait seulement ; et lui, c'est à peine s'il touchait à la route. Il était seul dans ce grand pays blanc ; il s'en sauvait de toutes ses forces et rien ne pouvait le retenir. Il fut, l'espace d'un éclair, conscient d'une réalité si forte et si banale qu'il en eut comme un vertige. Il arrêta au bord de la route.

« J'allais trop vite », se dit-il.

Mais il savait que c'était autre chose.

Il pensa à Irène couchée dans son cercueil et il la trouva chanceuse. Elle avait bien fait. Elle avait dû faire ça par hasard. Il n'arrivait pas à croire qu'elle en avait pesé toutes les implications. Le résultat était-il le même de toute façon ? Peut-être bien que oui.

« Hier, on a trouvé mon corps dans une talle de framboisiers, la tête éclatée et ma .410 à côté... »

Il savait de quels framboisiers il parlait. Ceux près du ruisseau, avant le bouquet d'aulnes. Aujourd'hui, il existait, et, un jour, il n'existerait plus. Irène, elle, n'existait plus. Ne plus exister. Si seulement il avait pu savoir ce que cela voulait dire. Mais il n'en saurait jamais rien. Il n'en saurait jamais rien. Cela le vexait drôlement.

« Il me faudrait un pouvoir de diversification et je n'en ai pas. »

D'autres feraient de la géographie ou du fromage à la crème. Lui ne pouvait rien faire. Le notaire Lafortune, de Saint-Jérôme, avait été accusé d'une fraude de trente-cinq mille dollars. Il avait lu cela dans le journal. On l'avait cherché partout sur les plages de Floride pour finalement le découvrir dans la cuisine d'un restaurant de Buffalo. Le notaire Lafortune était devenu cuisinier. Il trouvait cela merveilleux. Il rêva de devenir cuisinier. À Canton, peut-être.

Ou à Montevideo. Pourquoi pas? À moins que ce ne soit dans un snack-bar de Saint-Tite-des-Caps, là où les routiers commandent tous un club-sandwich en accrochant leur casquette à la patère.

Il arrivait à Saint-Tite-des-Caps. Il avisa un snack-bar et stationna. Il se donna un coup de peigne, ajusta son nœud de cravate et vint pour descendre. Il se rappela qu'il était autour de six heures. Le snack-bar était fermé; l'enseigne était restée illuminée pour la pompe à essence. Il vit le garagiste qui le regardait drôlement. Il relâcha son nœud de cravate, tourna la clef et partit. Il se trouvait soudainement très étrange. Étrange à faire peur.

«C'est peut-être la suprême aventure, celle qui vaut toutes les autres.»

Il pensait à Irène encore. Il ouvrit la radio pour n'y plus penser. Le cosmonaute Andronikov en était à sa vingtième révolution autour de la Terre. Il trouva que c'était une diversion merveilleuse et il ne voulut plus penser qu'à Andronikov. Il l'envia de toutes ses forces. Non pas qu'il eût voulu être à sa place. Il aurait voulu être dans sa peau pour, comme lui, n'être plus attentif qu'au voyage autour de la Terre.

«Tandis que moi, j'ai beau sauter les montagnes à quatre-vingts à l'heure, je ne sors jamais de moi-même.»

Il lui aurait fallu être conscient et il ne l'était pas. C'est une maladie comme une autre. L'inconscience est le signe suprême de la santé. Cordobès devant son taureau. L'agent d'assurances devant son client. Le cuisinier retournant un hot-dog. Il regretta d'avoir commencé à y penser.

«Cela aiguise mon mal, sans plus.»

Il espérait, des fois, qu'un mal bien affûté pût percer la fine pointe de la vie. Il revit les chercheurs du Massachusetts Institute of Technology penchés sur l'acide désoxyribonucléique.

«L'ADN!»

Ils avaient trouvé le truc, le gadget initial. Ne s'étant pas embarrassés du pourquoi, ils avaient réussi à percer le comment. Cela était très curieux mais, avant qu'il y pensât davantage, il entendit chanter et se dit : «Tiens, on chante!»

Il connaissait la chanson et s'efforça de la chanter pour ne plus penser à rien. Cela l'avait mené dans la côte des Mitaines, qu'il descendit quasiment en vol plané. Il lui restait cinq villages, qu'il enfila sans les voir. Il reprit pied au premier feu rouge de la ville.

20

Ils étaient quinze pour les funérailles, debout dans le salon mortuaire à attendre. Il n'avait pas à feindre le respect ou le recueillement; il ne connaissait personne. Il approcha du cercueil et s'agenouilla sans déranger les murmures qui faisaient comme une brume dans la pièce. Cela le rassura de voir. Irène était morte, sans plus. Elle avait l'air d'Irène et elle avait l'air d'être morte. Il n'y avait rien d'autre. Tellement rien qu'il se demandait pourquoi il était venu. Il se rappela qu'il avait besoin de cette certitude. Il avait maintenant l'impression de posséder la certitude. Il l'entendait battre dans son crâne et dans sa poitrine, sans que cela fût douloureux ou pénible. Irène avait été une femme extraordinaire. Il s'en rendait compte maintenant. Il s'en était toujours rendu compte. À part lui, il n'avait toujours existé qu'elle. Les milliards d'autres n'avaient été qu'un fond de scène, comme des poules s'agitant dans une basse-cour. Les quatorze derrière lui en étaient la preuve. Il ne restait que lui au monde. Il était le dernier des vivants. Il se demanda pourquoi Irène et lui n'avaient pas papoté plus longtemps ensemble. Ils en auraient été incapables, bien sûr, mais pourquoi?

Il revoyait Irène cherchant l'éternité dans son vaste bureau de l'édifice CIM. Le tapis bleu mur à mur et le coup d'œil en perdition sur le port et les îles. Irène avait enfilé ça comme une peau, comme le scaphandre antiradiation des cosmonautes. Elle en était sortie intacte et consciente, avec seulement sa belle robe verte pour les convenances. Elle était dans son cercueil comme dans sa maison. Dieu qu'elle y était bien !

Les murmures s'atténuèrent juste assez pour qu'il se rendît compte qu'il était agenouillé depuis longtemps. Il se releva avec un demi-sourire et fut rassuré de voir que le silence ne s'adressait pas à lui. Le vieux entrait.

Il était bien, le vieux. Il approuva tout de suite le choix d'Irène. Le vieux ressemblait au tapis bleu, aux automobiles que l'on choisit pour qu'elles n'aient l'air de rien dans le lot des automobiles. Il avait son chapeau d'une main et son mouchoir de l'autre. Les gens se rangèrent pour le laisser approcher mais il ressortit aussitôt entré et disparut dans le corridor. Un portier apparut qui pria les gens de sortir parce que le vieux désirait rester seul. Ils sortirent et les portes du salon se refermèrent. Les uns restèrent dans le hall pour fumer. Les autres sortirent dehors. Il se retrouva avec ces derniers, appuyé sur un lion de pierre qui tenait un anneau dans sa gueule. Il le flatta et lui demanda ce qu'il faisait là, mais le lion ne répondit pas. C'était une belle journée lumineuse comme il n'y en a qu'à l'automne. Une de ces journées à faire croire que les folies du printemps pourraient recommencer pour un rien.

Les portes se rouvrirent et les porteurs entrèrent. Le vieux n'y était plus. Quand les hommes sortirent avec le cercueil, on le vit s'esquiver par une porte de côté et s'en aller tout seul en longeant le trottoir. Le cortège partit sans lui.

À l'église, le curé fit les choses de son mieux mais le cœur n'y était pas. Il y en eut un qui ne put se retenir et qui pouffa de rire à l'élévation. Ce fut contagieux et quelques-uns sortirent. Une vieille femme qu'il prit pour la mère d'Irène se retourna et les faucha d'un œil sévère. Un homme, devant lui, dit à son voisin que ce n'était vraiment pas possible. Il trouvait lui aussi que ce n'était pas possible et il décida de sortir. Il approchait de la porte quand elle s'ouvrit et que le vieux entra. Il resta debout à l'arrière de l'église pour le regarder.

Le vieux remonta l'allée en reniflant dans son mouchoir. Il marcha jusqu'au cercueil, s'appuya dessus et pleura abondamment. Les sanglots lui secouaient les épaules et cela n'avait pas l'air de le déranger du tout. Le curé se dirigea vers la sacristie et la cérémonie s'arrêta là. Le directeur des funérailles s'approcha derrière le vieux et resta debout à attendre. Quand le vieux en eut assez, il se redressa et sortit pour reprendre sa marche le long des rues.

Il le vit disparaître sans oser courir après pour l'aborder. Il ne savait pas quoi lui dire. Et puis les porteurs sortaient avec le cercueil, qu'ils déposèrent dans le corbillard. Il regagna sa voiture pour le suivre. Les autres abandonnèrent au coin du boulevard et il se retrouva seul au cimetière. Tout avait été prévu et on ne l'embarrassa pas. Un fossoyeur lui fit remarquer que c'étaient de curieuses funérailles. Il eut la présence d'esprit de lui faire un sourire entendu. Le fossoyeur l'avait distrait. Il était occupé à regarder les enfants jouer dans les feuilles. Ils avaient fait un tas sous la branche basse d'un érable et ils grimpaient dans l'arbre pour sauter. De temps en temps, il venait un coup de vent et les feuilles galopaient. Parfois, c'est un enfant qui se mettait à galoper et lui, instinctivement, il cherchait le vent.

Le fossoyeur lui parla encore pour lui demander s'il voulait le crucifix. Il répondit que oui, pour bien faire. On le lui remit, après quoi le fossoyeur pesa sur un bouton et le cercueil se mit à descendre sur les sangles. Il ne put s'empêcher de trouver que c'était une curieuse machine. Il restait là à attendre la suite quand le fossoyeur lui dit qu'il devait maintenant partir. Il jeta un dernier coup d'œil aux enfants et s'en alla.

Il reconnut le vieux qui venait, à quelque trente mètres du cimetière. Il arrêta pour lui remettre le crucifix mais le vieux n'en voulut pas.

— Vous étiez l'ami d'Irène, n'est-ce pas?

Mal à l'aise, il répondit que oui.

— Elle vous aimait beaucoup.

Il remercia d'un signe de tête et voulut repartir, mais le vieux avait laissé ses deux mains sur la portière et il ne bougeait pas.

— Moi aussi, je l'aimais, vous savez.

Il le savait. Il lui dit que cela se voyait.

— Je vous ai reconnu tout de suite, ce matin.

Il était de plus en plus mal à l'aise. Le vieux était sympathique, pourtant.

— Elle m'a beaucoup parlé de votre maison. À L'Anse à quoi, donc?

— Au Pet, répondit-il.

Cela fit sourire le vieux.

— J'aurais pourtant dû le retenir.

Le vieux était de plus en plus sympathique. Il lui demanda si Irène s'était suicidée. Le vieux ne savait pas. Il lui demanda si elle était déprimée. Il répondit qu'elle était toujours exquise, et les larmes allaient revenir quand un coup de klaxon et un grincement de roues vinrent interrompre son émotion. Il monta tandis que lui s'apprêtait à ranger la voiture. Il lui demanda s'il voulait aller au cimetière. Le vieux ne voulait pas. Il se mit à rouler au hasard dans les rues en essayant de passer devant tous les hôtels qu'il connaissait. Il fut récompensé au cinquième. Le vieux le reconnut et se rappela qu'il avait un train à prendre, des bagages à faire...

21

Il faisait froid dans sa chambre. Regardant à la fenêtre, il vit que le froid avait dessiné sur les vitres. Il se leva et alla y regarder de plus près. Des palmes, comme toujours. Il se rappela qu'il n'avait pas regardé le givre depuis West Shefford. Ça commençait à faire longtemps qu'il n'avait regardé des vitres givrées. C'était joli, sans plus. Il n'y avait pas à se pâmer. Il souffla sur le carreau et eut le temps de voir que le jour était dur et poli comme un diamant. Puis le gel opacifia la buée. Il souffla encore, le gel reprit. Le jeu ne l'amusa pas plus longtemps.

Le poêle était mort et il dut aller au hangar pour chercher du bois. C'était bon dehors, mais c'était meilleur en dedans. Il fit bouillir de l'eau pour le café.

Il écrivit à sa mère, lui raconta qu'il s'était acheté une propriété, qu'il y vivait seul, qu'il voulait écrire un livre, qu'il avait l'électricité et la télévision, qu'il serait bien aise de l'avoir avec lui pendant qu'il écrirait. Il cacheta la lettre, mit un timbre dessus et la fourra dans sa poche. Il se mit à faire des ronds devant le poêle, puis décida d'aller voir la voiture. Les pistons étaient carrés. Il les laissa claquer pendant un bout de temps pour les arrondir. Tout allait bien. Il ferma la maison et partit pour West Shefford.

Le village avait bien changé. Une autoroute était passée devant la maison et avait aplati la grange rien que d'une claque. En tournant dans l'entrée, il vit sa mère qui se berçait à la fenêtre et il se mit à rire.

Elle vint lui ouvrir et le reconnut à peine. Il prit une chaise et l'écouta raconter pendant une bonne demi-heure. Elle avait beaucoup de choses à dire. Son père lui avait laissé un fusil en héritage. Elle était passée deux fois à Montréal pour le lui dire, dans le temps, mais elle ne l'avait pas trouvé. Elle décrocha le fusil de sur une poutre et le lui remit. Il l'appuya contre la porte. Il lui demanda ce qu'elle faisait de bon. Elle répondit qu'elle menait une petite vie tranquille entre le poêle et la porte. Elle lui montra des couvertures de laine qu'elle avait tissées. Il lui demanda encore ce qu'elle faisait de bon. Elle finit par dire qu'elle ne faisait rien. Il lui demanda si elle voulait venir passer l'hiver à L'Anse-au-Pet. Elle lui dit qu'il n'y pensait pas, que ça n'avait pas de bon sens. Il lui dit qu'il la paierait. Cela lui rappela qu'il lui avait déjà envoyé cinq cents dollars. Il lui demanda si elle les avait reçus. Elle les avait bien reçus. Elle l'en remercia. Elle lui dit qu'elle l'avait vu à la télévision et qu'elle l'avait trouvé bien drôle; qu'elle avait été bien surprise d'apprendre, par les journaux, qu'il s'était engagé pour la CIP.

Ils partirent pour L'Anse le lendemain matin et arrivèrent à quinze heures tapant. Elle avait voulu arrêter en chemin pour acheter des petites choses. Il lui avait répondu que ce n'était pas la peine, qu'il y avait trop de choses à acheter, qu'il valait mieux se rendre directement et faire une liste. Ce qu'ils firent.

Elle aimait beaucoup cela, L'Anse. Elle s'habillait tous les jours pour faire une longue promenade. Quand elle rentrait, elle ramenait inévitablement des branches, des cocottes, des lycopodes, des roseaux séchés. Elle faisait des bouquets qu'elle colorait avec des encres achetées à Baie-Saint-Paul; elle tressait des guirlandes...

Elle lui demanda s'il avait jamais fait l'inventaire de son grenier. Il répondit que non. Elle enfila une bougrine et plongea dans la caverne au trésor. Elle y trouva un métier, qu'elle installa dans la salle du bas; aussi une baratte, qu'elle remplit d'eau pour l'étancher.

— Tu vas m'acheter de la crème, juste pour voir.

Il fallut aussi acheter du fil de couleur, des chiffons, de la laine et tout un orage de fournitures. Il y eut bientôt de la catalogne partout cependant que le clic-clac du métier mesurait l'épaisseur du silence. En moins de deux semaines, elle avait envahi toute la maison. De la grande table, il était passé à celle, plus petite, de la cuisine, pour finalement travailler dans la berçante avec une planche sur les genoux. C'était quand même très gai et il écrivait beaucoup. Les feuillets s'empilaient en bon ordre dans le tiroir de sa commode.

22

L'hiver, il est des matins si merveilleusement blancs et radieux qu'on voudrait pouvoir s'identifier à cette pure lumière qui coule partout sans venir de nulle part, qui semble sourdre de l'intimité même des choses, comme si, par un accident de la nature, la transparente immatérialité du monde était soudainement accessible.

Il en vint un comme cela, au début de l'année, qui transforma en lumière de lune le pommier encore garni réservé aux écureuils. Il le vit en s'éveillant et en fut à ce point ébloui que, de toute la journée, il ne voulut rien faire d'autre que le contempler. Il se fit un café qu'il vint poser sur une marche de l'escalier et s'assit à côté, le torse dans la fenêtre pour ne rien manquer du soleil.

Huit heures, c'était une fête avec des brillants partout. Dix heures, le soleil commençait à défaire les parures. Midi, on voyait les toques de neige s'alourdir sur les roches et c'était déjà une vieille fête, comme un restant de souvenir. Il lui fallut sa montre pour découvrir qu'il était resté tant de temps à la fenêtre. Il fit d'autre café et tourna en rond. Il alla chercher du bois au hangar. Il se prépara un sandwich au fromage, qu'il mangea sans appétit. Il mit ses mocassins et décrocha ses raquettes. Il n'alla pas très loin. La couche de neige n'était pas suffisamment épaisse et le soleil l'avait ramollie comme une éponge. Ses mocassins furent bientôt trempés et il lança les raquettes à bout de bras vers le hangar pour continuer à pied. Cela faisait un curieux bruit quand il relevait le talon. Il marcha jusqu'à la grève. Il n'y avait pas de glace encore. Sauf en petites plaques translucides qui achevaient de fondre çà et là sur le sable. Il lui suffisait de les prendre dans sa main pour que ses doigts les traversent. Il s'y amusa un peu, puis longea la grève vers la pointe aux Canards.

Il faisait tellement beau qu'il marcha pendant une couple d'heures. Il s'arrêta sur les rochers de la pointe, que le soleil avait séchés et réchauffés. C'était bon pour les fesses. Il se laissa couler dans une niche et s'y endormit presque. Le jour rosissait vers l'île au Lièvre et le froid devenait mordant. La fête était bel et bien finie. Il regarda le soleil descendre vers l'envers des montagnes et en moins de rien le jour bascula sur lui-même comme s'il n'avait jamais été. Il l'aurait supporté encore longtemps. Il protesta à sa façon, en restant dans sa niche, comme pour le faire revenir. Vénus apparut dans l'étrange fixité du crépuscule. Il lui suffisait de voir Vénus pour mesurer le néant du jour et de la terre. «Ce n'est pas possible, pensa-t-il, d'habiter un microcosme avec autant de satisfaction.» Il le trouvait beau pourtant, le microcosme. Plus beau que le voyage intersidéral? Sans doute différent seulement; comme le Grand Canyon est différent de la Méditerranée. Il repensa à Andronikov, mais pas longtemps car il commençait à geler. Par les fesses, qu'il s'était si copieusement chauffées. Cela l'amusa d'avoir froid aux fesses en premier. Il se donna un grand élan doublé d'un coup de reins et se retrouva courant sur le sable. Les mocassins avaient gelé et ce n'était pas du tout confortable. Il courut jusqu'à la maison.

Le poêle était mort. Il le ralluma et se déchaussa, assis devant, en se massant les pieds. Après, il enleva sa culotte et se trouva bien ainsi, sur le tapis tressé. Il enleva son mackinaw pour que ce fût complet mais le feu n'était pas assez chaud; il le remit et se regarda. Il contempla long-temps cette curieuse chose affalée entre ses jambes, la mieux protégée de toutes les choses de l'homme et la plus secrète, même chez les animaux. Cela semblait le dernier trésor de l'individu et, malgré l'estime qu'il lui portait, il ne put s'em-pêcher de trouver que c'était un trésor dérisoire.

Le poêle aidant, il put enlever son mackinaw. Il pensa à Irène et la voulut à côté de lui. Il lui semblait qu'il l'aurait déshabillée et qu'ils n'auraient rien fait d'autre que causer. Cela eût été bon et simple et beau, un homme et une femme tout nus devant le feu. Cela eût ressemblé à la création du monde. Mais le monde était créé; il roulait tout seul depuis fort longtemps. Le tramway spatial n'existait pas encore, ni la parthénogenèse sélective. On en était tout de même à la carte de crédit internationale. Ce n'était déjà pas si mal. Et des magazines circulaient sur toute la terre, remplis de photos qui donnaient des idées à ceux qui n'en avaient point. Le tramway intersidéral viendrait ensuite. Et plus tard — qui sait?— l'abolition de l'argent, l'anéantissement de la politisation. Cela était aussi simple et beau que le feu; cela viendrait un jour, le jour où ce serait possible. Comme le feu.

« Il fut un temps où il ne suffisait pas d'en avoir besoin pour en avoir. »

Il entendit ronronner la voiture de Sinaï Tremblay; sa mère revenait du village. Il lui aurait fallu courir à sa chambre avec ses vêtements, faire une comédie. Il n'en avait pas envie. Il resta là. Cela ne lui plaisait pas beau-coup, pourtant. À cause de sa mère. Elle trouva cela très étrange en effet et lui dit :

— Le pire, c'est que ce n'est pas beau.

Il trouva cela très drôle et se leva pour se regarder.

— Ce pourrait être beau si je n'étais pas si blanc.

Elle se hâta vers la cuisine avec ses paquets. Il s'était rassis devant le poêle quand elle repassa.

— Tu vas t'habiller, j'espère.

Il n'y avait pas de colère dans sa voix mais une sorte de crainte, de stupeur ou d'inquiétude. Il n'aurait su dire, au juste.

— Ça fait longtemps que je t'ai vu comme ça.

Elle l'accusait peut-être de retomber en enfance. Il ne s'en inquiéta pas outre mesure. Seulement, il se demandait encore s'il était beau. Irène ne l'avait pas détesté et elle en avait vu d'autres. Peut-être aussi que les femmes ne regardent pas à la bride du cheval. Lui, il ne pouvait guère se comparer qu'aux antiquités grecques et romaines qui n'avaient pas encore déserté sa boîte à images. Et encore, il n'avait pas retenu, même chez l'Hermès de Praxitèle, le détail qui l'inté-ressait maintenant. Hermès lui-même l'avait-il retenu ou l'avait-il perdu au cours de ses voyages? Peut-être le pénis d'Hermès traînait-il quelque part en Grèce parmi les gravats qui tapissent l'entrée des temples. Si les touristes savaient!

— Tu vas te rhabiller, non?

Bien sûr qu'il allait se rhabiller. Pour se faire dire, à table :

— Tu m'inquiètes beaucoup, tu sais.

Il le savait et s'en voulait un peu. Il n'était pas allé chercher sa mère pour l'inquiéter.

— Je ne sais pas si tu as besoin de voyager, mais tu es étrange.

Ce n'était pas sa mère, c'était le monde entier qui le trouvait étrange, qui lui reprochait de ne plus inventer de trafic aérien; de ne plus voir au bon ordre des camps de la CIP; de ne plus s'inquiéter des problèmes de Hanoi, de Montevideo ou d'Oslo. Et, vrai de vrai, le monde avait bien raison car il ne s'en occupait plus. Ou si peu. Parfois, à la sauvette. Comme on se souvient d'un mal de dents qu'on a eu il y a très longtemps.

23

Pourtant, le jour avait été si beau. Comme une promesse de quelque chose. Il se souvenait de jours nombreux, comme ça, qui semblaient promettre des merveilles et qui étaient allés mourir sans plus, derrière les montagnes de West Shefford. Parfois, le soleil illuminait les érables. Enfant, il les regardait à travers la vitre pendant qu'il mangeait son gruau, en caleçon sur sa chaise. Ils étaient vivants comme des bougies. Alors, il s'habillait en vitesse et courait dehors, jusqu'aux érables. Mais les érables n'étaient plus ni vivants ni lumineux. Il grimpait dans l'un d'eux et restait assis sans bouger pour que, rassurée, la fête revienne. Mais la fête ne revenait pas. Les érables restaient bêtement là sans briller et le soleil les écrasait un à un. Alors, il revenait en traînant les pieds, arrêtant pour un rien et regardant derrière pour voir si ça recommençait. Ça ne recommençait jamais et il finissait l'avant-midi dans la cour avec ses petites autos.

Il ne faut pas faire attention au soleil. Il avait appris cela jadis et l'avait oublié. Il s'en souvenait maintenant. Il se trouvait bête de s'y être laissé prendre. Il aurait voulu en rire mais n'y arrivait pas. Il alla s'asseoir dans une chaise et se berça tandis que sa mère desservait la table. Il pensa aux papiers rangés dans le tiroir de la commode. Il pensa qu'après tout il pouvait bien les lire, que cela n'avait pas tant d'importance. La première ligne parlait du soleil qui jouait sur l'étang. Il ne voulut pas lire le reste. Il sortit sur la galerie. La nuit était froide. Il s'appuya à un poteau et regarda les étoiles. Il devait bien y en avoir quelques milliards. À quoi pouvaient-elles bien servir? Il rit rien qu'à se poser la question. À quoi servait-il, lui? Un jour, il mourrait, comme cela arrivait à tous ceux dont il voyait la photo dans *La Presse*. Il mourrait et cela ne changerait rien à rien. Il y était vraiment pour le paysage.

« Pourquoi pas? »

Une voiture passa dans les hauts qui klaxonna et la nuit devint subitement moins profonde parce que agitée à sa surface. Mais les échos moururent au creux des montagnes et la paix vint tout remplir. C'était une paix très sereine mais tellement lourde qu'elle lui fit mal. Il se reprochait de ne pas lui appartenir tellement elle avait l'air bonne. Il était surpris de ne pas se trouver planté quelque part comme un arbre. Puis il fit un effort pour arrêter de rêver et concevoir le monde tel qu'il était. Il savait que le mal était dans ses yeux mais qu'il fallait un courage surhumain pour cesser de se fier à ses yeux. Qu'un homme n'y pouvait rien sous peine de devenir fou. Qu'un homme devait vivre comme un homme pourvu de bras, de jambes, de membres intérieurs beaucoup plus encombrants que ceux du dehors parce que moins évidents, parce que plus subtils dans leurs opérations, dociles en apparence seulement.

C'est une chose terrible de ne plus vouloir être un homme parce que cela implique trop de limites. Un homme, cela doit être aussi énergique et buté qu'une bête. Cela doit savoir gagner de l'argent; cela doit savoir aller partout sans qu'il y paraisse. Pourquoi n'apprend-on pas aux écoliers à entrer dans un cabaret? À s'asseoir sur le tabouret comme un bon poivrot qui n'a fait que cela toute sa vie? Il faudrait leur apprendre aussi à louer une chambre d'hôtel du bout des doigts, avec indifférence, sans regarder la caissière en se demandant où elle demeure et ce qu'elle pourrait faire ailleurs que derrière son comptoir. On pourrait leur montrer à vivre tranquilles, sans déranger ceux qui vivent tranquilles. Il suffit d'un seul homme pour en déranger un autre, pour lui faire douter de ce qu'il est et de ce qu'il vaut. Cela fait deux fous. Deux de trop.

«Il ne faut pas tuer les illusions nobles.» Qui donc lui avait dit cela? Il se souvenait seulement qu'il avait répondu : «C'est le gaz des peuples!»

Il fit quelques pas sur la galerie et s'appuya à un autre poteau. Il trouvait très drôle d'avoir changé de poteau. Cela devenait, en ce moment, une réalité importante. Il avait changé de poteau pour un obscur motif et s'en trouvait mieux. Voilà ce que c'est qu'être un homme. Pourquoi, alors, ne pas croire dur comme fer que le firmament est une masse solide de lapis-lazuli? Pourquoi ne pas croire que les oiseaux sont gais quand ils chantent si cela suffit au bonheur de l'homme? Pourquoi ne pas continuer de croire que la droite est le plus court chemin même s'il est impossible?

Il entendit un bruit et vit sa mère qui était venue à la fenêtre. Elle avait la figure collée au carreau et le cherchait. Elle était horrible à voir, le nez écrasé sur la vitre, les yeux scrutant le lointain infini des ombres alors qu'il était tout près. Il fit du bruit avec son pied pour la rassurer mais elle sursauta de peur. Il entra...

— Tu devrais t'habiller mieux quand tu sors!

Ses questions et ses inquiétudes avaient déteint sur sa mère, qui n'était plus aussi gaie. Elle pouvait passer de longues heures sur sa chaise, les deux yeux dans un livre de prières, ne les levant que pour regarder où il allait, ce qu'il faisait encore. C'était drôle, ce livre avec des prières pour toutes les circonstances. Il se souvenait de la prière pour éloigner le tonnerre. Non, tiens, il ne s'en souvenait plus.

— Qu'est-ce que c'est, donc, la prière du tonnerre ?

— «Éloignez des vôtres, Seigneur, les esprits du mal, et faites que s'écarte de nous la malignité des ouragans et des tempêtes.»

— Par Jésus-Christ Notre-Seigneur ! Je l'avais oubliée, bout de maudit ! Et celle de la pluie, où l'on demande les biens de ce monde pour trouver ceux de l'autre ?

Elle ne s'en souvenait pas. Elle dut chercher un peu, mais pas longtemps.

— «Ô Dieu en qui nous avons la vie, le mouvement et l'être, accordez-nous la pluie dont nous avons besoin, afin qu'étant suffisamment soutenus par les biens temporels nous recherchions avec plus de confiance les biens éternels.»

Cette fois-là, il se dispensa du «par Jésus-Christ Notre-Seigneur !». Il pensait à autre chose. À toutes ces complaintes qui montaient jadis de la terre comme des bruits de lèvres sèches froissées ensemble. Quelqu'un devait bien être à la veille de les ramasser et de les publier comme on vendait à prix d'or les meubles jaunes des greniers. Dieu était proche, dans ce temps-là. Tiens ! «En ce temps-là... »

«En ce temps-là, Dieu se cachait derrière les montagnes et se promenait sur les nuages. Il voyait tout de tout, jetait un peu de pluie par-là, brandissait sa torche ailleurs. Il se cachait sous le berceau des enfants malades et en guérissait parfois quelques-uns sans raison tandis que les autres trépassaient dans la nuit.

«En ce temps-là, le bout du monde n'était jamais plus loin que le bout du champ et le paradis était proche...»

La science avait agrandi le monde, le vidant du même coup. Personne n'avait vu Dieu nulle part et, pour y croire encore, il fallait le poster derrière le dernier des quasars, qui n'était jamais le dernier bien longtemps. Ça faisait loin, pour Dieu. Il ne dirigeait plus ni la pluie ni les tempêtes et Hydro-Québec s'en chargeait avec ses avions bourrés de nitrate d'argent. Dieu ne guérissait plus ni n'emportait les enfants. Ils guérissaient ou mouraient tout seuls. Et c'était mieux ainsi.

Et Dieu avait été si lourd à porter si longtemps que personne n'osait adapter le mythe aux réalités nouvelles.

— Ça t'ennuierait que j'aille rester chez Françoise?

— Bien sûr que non.

Il lui fallait ne pas oublier Dieu et les quasars. Il voulait y revenir quelque jour.

— Bien sûr que non. Tu m'as été bien utile et je ne voudrais pas que tu t'ennuies.

Elle serait bien avec sa sœur à Montréal. Françoise lui écrivait souvent de venir la rejoindre.

— J'aurais aimé te donner beaucoup d'argent en partant mais je n'en ai presque plus.

— C'est bien ça l'ennuyeux. Je ne voudrais rien devoir à Françoise. Avec ma pension, ça fait pas épais.

— Je pourrais te vendre West Shefford si tu voulais.

— Tu penses que tu réussirais?

Il vendit pour cinq mille. Ce n'était pas si mal.

— Je te remercie beaucoup. Tu pourras revenir à L'Anse quand tu en auras envie.

Elle était contente de partir. C'était le 8 janvier et il alla la reconduire chez Françoise.

24

Il passa dix jours à Montréal.

Les trois premiers jours, il marcha. De dix heures à vingt-deux heures. Il prenait un café quelque part en se levant et achetait un journal qu'il allait lire dans le métro. Quand il avait fini de le lire, il descendait à la station suivante et marchait. Pour se reposer, il prenait un autobus au hasard et se faisait un devoir de descendre dans un quartier qu'il ne connaissait pas. Il faisait le tour du pâté de maisons en regardant jouer les enfants. Il y en avait peu. Les plus grands étaient à l'école; la neige et le froid retenaient les plus petits à l'intérieur. Il comptait les camionnettes de livraison. Il s'aperçut qu'il n'avait jamais fait cela et que ce n'était somme toute pas plus ennuyeux que de regarder un téléroman. Que c'était même amusant. Il n'avait jamais été, par exemple, dans la position d'un garçon livreur qui cherche à faire un maximum de livraisons avec une économie de stationnements...

Dans Rosemont, un matin, son autobus fut pris dans une opération de déneigement et il descendit voir cela de près. Il n'était pas seul. Les gens étaient sidérés par le vrombissement de la souffleuse et il en sortait de partout pour regarder. Alors, il se mit à regarder les gens. À un certain moment, il en eut le vertige et entra prendre un café dans une pharmacie. Tout un monde tournait dans sa tête. Il pensait à Air Canada, au temps où il créait du trafic aérien, à ses émissions de télévision, à l'île d'Anticosti, à L'Anse-au-Pet. Cela était aussi bruyant et confus que l'opération de déneigement. Il revoyait toutes choses et les éliminait à mesure. Il ne lui restait plus que L'Anse-au-Pet, comme la dernière culotte d'un pauvre homme. Cela lui rappela qu'il n'avait plus d'argent ou presque et qu'il lui fallait en gagner. Il se sentait désormais incapable de gagner de l'argent, de faire une activité qui pût servir aux autres et lui rapporter des sous.

Il prit un taxi et se fit conduire à sa chambre. C'était l'après-midi du deuxième jour. Il avala un somnifère, se coucha et dormit jusqu'au lendemain matin. À son réveil, toutes ses pensées de la veille lui revinrent comme des oiseaux au printemps. Elles se perchaient partout. Il ne pouvait regarder nulle part sans en voir une qui lui fît mal. Il s'habilla et sortit. Ce jour-là, il ne prit ni journal, ni métro, ni autobus, ni rien. Il descendit la rue Saint-Hubert jusqu'à la rue Sherbrooke et suivit celle-ci jusqu'au boulevard Décarie, où il prit un spaghetti à la sauce espagnole dans une pizzeria qui s'appelait *Chez Billy Boy*. Il y avait un cuisinier qui faisait tourner ses pizzas dans la vitrine et il s'amusa à croire que c'était Billy Boy en personne. Après, il remonta le boulevard Décarie jusqu'au chemin de la Reine-Marie et rentra par Notre-Dame-de-Grâce et Outremont. La dernière chose qu'il vit dans une vitrine de la Plaza Saint-Hubert, ce fut une guitare. Il n'y fit pas attention d'abord et n'eut rien de plus pressé que de se jeter dans son lit en trouvant sa chambre. Mais le lendemain en s'éveillant, il lui sembla qu'on lui avait donné un coup de guitare sur la tête car il ne pensait plus qu'à cela.

Il alla l'acheter et s'enferma pour les sept autres jours. Il se faisait livrer des pizzas et des mets chinois. Il jouait de la guitare et dormait.

Le matin du dernier jour, il jouait depuis dix minutes quand on frappa à la porte. C'était le voisin d'en haut, contrebassiste de l'orchestre d'Al Punk qui jouait au San Marino depuis un an. Il venait pour lui dire qu'il se couchait tard et qu'il aimait dormir jusqu'à quinze heures ; qu'il jouait bien de la guitare mais que sa vie à lui était un enfer depuis sept jours ; que... Mais quand il le vit assis sur sa chaise, les yeux levés vers lui, il n'eut plus rien à dire. Il lui expliqua qu'il était contrebassiste dans l'orchestre d'Al Punk ; qu'il jouait au San Marino depuis un an ; qu'il l'entendait jouer depuis sept jours et qu'il voulait l'entendre encore un peu. Il lui demanda s'il avait du café. Il n'en avait pas. Il lui dit qu'il en avait et lui demanda s'il pouvait aller le chercher et revenir. Il pouvait très bien. Il revint avec le café, qu'il but tranquillement, assis par terre, tandis que lui jouait. Il l'interrompit respectueusement pour lui demander s'il avait des cigarettes. Il n'en avait pas non plus. Il retourna chez lui et revint avec les cigarettes, qu'il fuma, assis à la même place. Il avait ramené une guitare aussi, mais il la laissa sur le plancher. À un certain moment, il dit :

— C'est très beau, ça !

Et il continua à jouer. Longtemps. Jusqu'à ce qu'il eût faim. Il arrêta et demanda au contrebassiste s'il voulait des mets chinois. Le contrebassiste voulait bien. N'importe quoi. Il prit sa guitare et se mit à jouer, quelque chose de très lent, comme s'il était encore mal réveillé. Ils mangèrent sans rien dire. Après avoir mangé, il s'étendit sur le lit tandis que le contrebassiste jouait. Il jouait très bien. Ça lui faisait beaucoup de bien d'entendre une musique neuve qu'il n'avait pas à créer. Cela allégeait le monde au point de l'abolir presque entièrement. Quand le contrebassiste arrêta

pour allumer une cigarette, il retrouva sa mélodie et la déve-
loppa dans une direction nouvelle. Le contrebassiste attendit
qu'elle se fût amochée un peu pour la reprendre, puis il
arrêta subitement et déposa sa guitare. Il l'entendit sortir de
la pièce et monter l'escalier. Il entendit la porte se fermer
là-haut et le pas se diriger vers un coin de la chambre.
Pendant un moment, il ne se passa rien, puis le pas revint
vers la porte, qui s'ouvrit et se referma. Le pas recommença
à se balancer dans l'escalier et la porte s'ouvrit. Le contrebassiste avait une bouteille et deux verres. Il remplit les
deux verres à moitié, en laissa un près de lui, alla s'asseoir
avec l'autre et se remit à jouer. Alors, il dit :

— Je ne peux pas boire ça, je vais en écraser.

L'autre ne se donna pas la peine de répondre. Il vida
son verre d'une gorgée, s'en servit un autre et recommença
à jouer. C'était encore plus beau qu'auparavant mais il comprenait maintenant la magie. Cela n'était-il pas aussi simple
et banal qu'un vêtement neuf? Il regarda le contrebassiste.
Il était d'un beau noir avec un œil blanc immobile. Il ferma
les yeux pour ne plus le voir et le contrebassiste arrêta. Il
comprit qu'il vidait son verre. Il l'entendit s'en servir un
autre et recommencer. Alors, il vida le sien d'un trait et alla
s'asseoir près du contrebassiste. Il lui passa un bras autour
des épaules et se retint pour ne pas pleurer. L'autre le laissa
contre lui un moment, puis, le soulevant comme un enfant,
il le coucha sur le lit et s'assit à côté. Il lui dit :

— *Comme on, old boy! Come on, buddy!*

Mais il était comme prostré. L'autre lui raconta qu'il
était jamaïcain, qu'il était venu à Toronto pour étudier le
droit, qu'il y était resté pour faire de la musique. Sa femme
était encore à Toronto avec leurs trois enfants. Il y allait des
fois. D'autres fois, c'est elle qui venait. Oui, ils s'ennuyaient
tous deux de la Jamaïque. Ils y étaient retournés quelques
fois. Oui, c'était aussi beau qu'on le disait. Les hôtels en

moins. Trop de touristes. Il y en avait partout. Un véritable excrément de race humaine avec ses doubles mentons, ses doubles poitrines et ses doubles bedaines. Montréal était pas mal. Amusant, même. Seulement, la température y était insupportable. Le plus beau de la vie, c'était les enfants. Il lui demanda s'il en avait. Il dit qu'il n'en aurait jamais. Probablement jamais. À moins que... Non, vraiment, il ne voyait pas.

Il lui demanda aussi ce qu'il faisait et il répondit qu'il ne faisait rien, qu'il était crevé, qu'il lui fallait dormir. Il lui demanda s'il pouvait chanter un peu. Il pouvait très bien. Il déroula toutes ses chansons jamaïcaines où la mer se berce au soleil devant les enfants nus qui courent sur la plage. La chambre tout entière se mit à tanguer. Il eut la force de se lever et d'aller à la fenêtre. Montréal était un blizzard jaune et noir, légèrement parabolique, comme un écran de radar où les mouches s'affolent. Mais la chambre se berçait de-ci de-là comme un hamac.

Il se servit un verre et s'étendit encore. Il se sentait comme une bête ayant été enfermée dans un sac et qui vit enfin. Et, avant de s'endormir avec le fond de la bouteille, il fut pris d'un émerveillement soudain comme s'il avait rencontré un ange.

25

Le soleil était trop beau pour qu'il cherchât du travail. Tel avait pourtant été son projet, emporté sans doute dans les vagues de la mer des Caraïbes. Le soleil était beau et il lui restait quand même trois cents dollars. Il sauta dans sa voiture et partit. Il avait déjà traversé le pont quand il ouvrit la radio. C'était fin, la radio. On tournait le bouton et le jus sortait comme d'un citron qui se presse tout seul. Il y pensa longtemps, insensible au bagout du bonhomme qui mangeait ses toasts au micro. Quand il y pensa, ce fut pour penser qu'il était demeuré un bon moment sans y penser. Cela l'amusa tout autant que le soleil. Celui-ci devait arriver pile dans la nuque de la voiture. Si la voiture avait eu une nuque. Il était assez bas sur l'horizon, le soleil, pour que la voiture poursuivît son ombrage. Il le regarda fuir devant lui et essaya de se remémorer la cosmographie de l'hiver. Il ne s'en souvenait pas trop mal. La sphère céleste et son équateur; l'écliptique qui coupait l'équateur en deux points «appelés équinoxes»; les points de déclinaison maximum S et S', «appelés solstices»; l'obliquité de l'écliptique sur l'équateur, qui causait l'inégalité des jours et des nuits. On avait beau admettre tout cela, le comprendre même, c'était difficile à imaginer. Il stationna la voiture le long de la route et ouvrit le coffre à gants. Il y avait un crayon et du papier dedans. Il se mit à dessiner tout cela. Ce n'était pas beaucoup plus simple. Cette folie, aussi, de vouloir mettre en deux dimensions ce qui en avait trois ou quatre. Ou cinq? Einstein s'était arrêté à quatre. Einstein...

Il remit le moteur en marche. Cette fois, il voyageait avec Einstein, mais le vieux ne parlait pas et lui ne savait que penser. Il ne voyait que la moustache. Einstein n'était pas venu, il lui avait seulement envoyé sa moustache. La moustache lui donnait envie de faire des mathématiques.

À Québec, il fit un crochet par la librairie Liboiron et ramassa tout ce qu'il put trouver sur Einstein. Il était très content de lui. Il avait l'impression d'avoir trouvé, par hasard, la seule chose essentielle. Il trouvait toujours les choses essentielles au bon moment. C'était curieux, ça. Trop curieux même pour être vrai. En y pensant bien, il comprit que les choses essentielles faisaient le bon moment, que l'un était fonction de l'autre. En y pensant davantage, il eut peur de penser trop; d'inventer des choses qui n'existaient pas, pour le plaisir d'inventer. Comme un quelconque bonhomme avait un jour découvert que le Soleil tournait autour de la Terre.

Dieu! que ce temps était loin et pourtant proche! Proche à faire peur. Hipparque était plus calé que lui en astronomie. Ou était-ce Ératosthène? Les deux, sans doute. Ératosthène, lui, avait calculé la circonférence de la Terre. Et il ne s'était pas trompé de beaucoup. Hipparque avait fait quoi? Il lui semblait vaguement qu'on faisait toujours d'Hipparque le plus grand astronome de l'antiquité. Maudit Hipparque! Et Einstein! Einstein qui avait enfermé dans une boîte mathématique le néant de toute chose en elle-même. Il avait hâte de découvrir tout cela. Aucune chose n'est réelle en soi. Elle naît du voisinage des autres. Un monde de relations et seulement de relations. Les *Relations des jésuites*... Que venaient faire les jésuites là-dedans? Cette bande de fous qui avaient inventé tant de choses irréelles et qui continuaient d'en discuter. Il se mit à haïr les jésuites de toutes ses forces. Comme d'autres haïssent les Juifs. Il ne haïssait pas les Juifs, lui. Pas même les jésuites, à bien y penser. Seulement, c'étaient une bande de fous. Sans doute les jésuites avaient-ils inventé Montevideo, Hanoi et Oslo. Cela leur ressemblait. Pauvres jésuites! Et puis non! Braves jésuites!

Il en avait rencontré un à New York, une fois. Mais pourquoi insister? Pourquoi penser aux jésuites? Pourquoi penser? C'était l'hiver parce que la Terre s'était trouvée au solstice S' et que son axe se couchait sur l'écliptique. À la Jamaïque, cela ne faisait presque pas de différence. Tandis qu'à L'Anse-au-Pet ce serait plutôt froid.

Cela le choqua qu'il fît froid seulement parce que l'axe de la Terre se couchait un peu sur l'écliptique. Ce n'était pas qu'il détestait le froid. Au moins le froid tenait-il éloignés les doubles mentons, les doubles poitrines et les doubles bedaines. C'était déjà ça. Le froid nettoyait la place. Ce devait être bien tranquille au pôle Nord. Les Esquimaux avaient-ils jamais eu l'idée de descendre jusqu'à la Jamaïque en kayak? Pourquoi n'y avaient-ils pas pensé? La peur des touristes? Sans aucun doute. Ajoutée au fait que les hommes sont sédentaires. Ils ne font pas un grand cercle autour de leur chaise ou de leur table. Comme la Terre autour du Soleil. En une ellipse dont le Soleil occupe un des foyers. Et l'autre? L'anti-Soleil? Pourquoi pas? Pourquoi ne pas appeler anti-Soleil cet autre foyer de l'ellipse qui, quoique inexistant, a sa place dans l'ellipse? La haine ne crée-t-elle pas un champ gravitationnel en tout point semblable à celui créé par l'amour? Oppenheimer s'objecte fortement à ces applications des lois physiques ou mathématiques au domaine social ou simplement humain. Il s'y objecte parce qu'il n'a pas trouvé la formule mathématique des transformations. Les savants sont chatouilleux sur ce point ; ils n'acceptent pas les visions anticipatrices qui ne se soldent pas par une formule. Ils ont raison. Mille fois raison. Que d'hurluberlus ont formulé des visions anticipatrices qui ne correspondirent finalement à rien ! Une vision est un rêve tant qu'elle ne produit pas sa formule. Ce qui veut dire qu'on peut toujours ergoter sur les choses mais qu'il faut les quantifier avec un maximum de précision avant de prétendre en parler correctement. Et si on refuse de les quantifier, si on est incapable de les quantifier, mieux vaut fermer sa gueule et ne pas faire comme les jésuites.

Il fermait bien sa gueule, lui. Il n'arrosait pas le monde de théories socio-politico-humano-religieuses. Il ne jouait pas à l'édification de la société future. Il n'émettait pas de théories sur le bien-être de la société future.

Il se rendit compte tout à coup qu'il en voulait à l'humanité entière. Du même coup, il se rendit compte que ce n'était pas vrai. Qu'il n'en voulait vraiment à personne. Que chacun était libre de bâtir sa propre cosmographie. Que personne n'avait jamais la bonne, de toute façon. Que ce n'était vraiment pas important. Qu'une révolution ne causait, somme toute, pas plus de ravages qu'une épidémie, qu'un tremblement de terre, qu'une éruption volcanique. Seulement, il acceptait mieux que la peste vînt de la peste que de l'homme. Par contre, puisque l'homme maîtrisait la peste, il avait bien le droit de la remplacer par quelque chose de son cru. Celui qui allume des bougies a droit au plaisir de les éteindre. Toutes d'un souffle, si possible. Les bougies ne se plaignent jamais, et, de toute façon, elles s'éteindraient quand même. Comme l'homme. L'homme, lui, s'attristait à cause des relations qu'il établit entre les choses, et ces relations ne sont vraies que pour lui. Bof !

Il avait beaucoup neigé. La route s'enserrait dans un long corridor de neige. Sans fossés, sans clôtures, pourquoi allait-elle comme ci et non comme ça? S'il arrivait sur une butte et voyait une maison au loin, il prenait plaisir à deviner de quel côté passait la route. Il se trompait souvent. C'était à n'y rien comprendre. Le corridor offrait des embranchements ici et là. L'envie lui prenait de jouer sa route à pile ou face. Ce n'était pas raisonnable. Il voulait arriver à L'Anse-au-Pet et il n'y serait pas arrivé en jouant. Il redevint raisonnable et arriva tout droit chez lui comme un grand garçon.

D'abord, il sortit la pelle pour tailler un trou à la voiture. Il avait déjà commencé quand il se ravisa. Il fallait d'abord chauffer la maison. C'était drôle, il avait l'impression d'entrer dans un paquet de légumes congelés. Les meubles avaient l'air de tenir en place seulement par le froid. Ç'aurait été amusant si un peu de chaleur avait suffi pour animer tout cela. Il imagina la scène tandis qu'il allumait le poêle. Il vit les chaises et le bahut décrire des ellipses dont le poêle aurait occupé un des foyers et le réfrigérateur, l'autre. C'était quelque chose, la physique. Et la géométrie, donc! L'arrivée d'eau n'avait pas gelé dans la cave. C'était donc fin! Il n'eut qu'à ouvrir la valve pour que tout rentrât dans l'ordre. Il bourra le poêle et sortit. Sa pelle l'attendait patiemment. C'est patient, un outil. Il pelleta pendant deux heures et, quand il rentra, la maison était chaude. Il ne pensait plus ni à la physique, ni aux jésuites, ni même à sa pelle. Il bourra le poêle encore une fois, approcha le divan et s'y étendit en faisant des ronds avec la fumée de sa cigarette. Les ronds obéissaient à une dynamique très précise mais il ferma les yeux pour n'y pas penser.

En fermant les yeux, il vit Irène et, se retournant sur le côté, il s'endormit avec elle.

26

Il était assis dans l'escalier à regarder dehors et à se dire qu'il fallait quantifier les hommes, sous peine de n'en jamais rien savoir. Ça faisait trois jours qu'il était assis là à se dire la même chose. Il savait que les sociologues s'y étaient mis depuis un bout de temps mais il ignorait tout des résultats. En avaient-ils tiré autre chose que des statistiques?

À regarder dehors comme ça et à ne voir personne, il se mit soudain à voir tous les hommes de tous les temps. Il ne voulait pas les regarder trop, parce que cela lui donnait le vertige; il se contentait de savoir qu'ils étaient tous là. Il ne tenait à rien d'autre. Qu'ils soient tous disponibles, un point c'est tout. Les uns se profilaient en caravane sur un désert mauve. D'autres se débattaient dans l'enfer blanc des pôles. Il y en avait qui sautaient de branche en branche sous la voûte des forêts tropicales. Il y en avait qui construisaient des villes en boue séchée. Il y en avait qui construisaient des pyramides sous l'œil de géomètres inspirés. Il en vit un groupe se promener dans la neige, entre des maisons de pierre, pour aller à l'église où Jean-Sébastien Bach allait leur jouer *Jésus, joie et désir des hommes*. Il y en avait de partout et de tous les temps. Les uns allaient avoir des descendants parmi les citoyens de Hanoi, de Montevideo et d'Oslo. D'autres en étaient les habitants actuels. Tous étaient disponibles.

Des fois, il avait envie de leur demander ce qu'ils faisaient là, mais il avait peur qu'ils répondent. Ça en aurait fait, des théories! Il avait envie de leur crier qu'ils étaient des électrons, des atomes ou des molécules.

— Vous êtes des poussières!

Quelques-uns relevaient la tête fièrement et le regardaient en pensant : «Nous sommes des gens heureux!»

D'autres ne l'écoutaient même pas et continuaient à cultiver leur champ de riz.

Il les regardait sans rien dire. Les uns riaient. La plupart étaient trop abrutis pour avoir quelque réaction. Il y en avait qui tenaient encore un billet d'autobus dans leur main.

Mais comment les étudier? Par où commencer? Oppenheimer n'aurait pas aimé ses réflexions. Ni Oppenheimer ni les autres qui refusent d'appliquer à l'homme ou au monde macroscopique les découvertes de l'infiniment petit.

Il les voyait se tourner autour comme des systèmes gravitationnels ou se fuir comme des galaxies. Ils avaient commencé par presque rien et ils étaient là, innombrables. *The expanding universe!* Il se cherchait dans le tas et ne se trouvait même pas.

Parfois, il exécutait des expériences particulières. Il fragmentait le troupeau, en prenait cinq cent mille et les parquait dans la ville de Québec pour les étudier. Tout était prévisible à l'échelle sociale. Absolument tout. Il n'avait qu'à grimper dans un pylône près du pont de Québec un dimanche après-midi et il en voyait quarante pour cent essayer de sortir par l'entonnoir. Vingt pour cent filaient vers la côte de Beaupré; vingt pour cent, vers le nord. Et le reste restait!

Pourtant, s'il les interrogeait, ils déclaraient tous être libres.

Il lui arrivait de leur proposer un Premier ministre parmi quatre ou cinq candidats. Il ne savait jamais lequel serait élu mais il savait toujours que ce ne serait ni le meilleur ni le pire. Il écrivait des discours électoraux que les candidats répétaient avec conviction. Le choix final des hommes ne dépendait pourtant pas du discours. Il y avait aussi la façon de le lire. Et la qualité des fanfares. Le choix était imprévisible ; le comportement, lui, toujours semblable. Comme des champs magnétiques qui s'attirent ou se repoussent en dessinant toujours la même symétrie sans que jamais les grains de limaille ne se retrouvent au même endroit.

Pourtant, cela se faisait selon les règles de la démocratie. Tous déclaraient être libres.

Dix fois, il essaya de mousser une candidature. Dix fois, il manqua le bateau. Il suffisait qu'il agît sur un individu en particulier pour que son comportement s'en trouvât modifié par rapport à celui des autres. C'était le principe d'incertitude que Heisenberg avait noté pour l'électron.

En fait, ils agissaient tous comme une bande d'électrons. Ils réagissaient à des stimuli différents mais les mêmes statistiques définissaient la réaction des uns comme des autres...

Un moment, il pensa que, homme lui-même, il était trop petit pour étudier les hommes ; qu'il voyait trop de détails insignifiants ; qu'il manquait finalement l'essentiel, ce quelque chose d'impondérable qui eût donné prise à une relation précise, mathématique.

Quantifier les hommes, c'était peu de chose. Il fallait savoir quoi quantifier chez eux !

Il s'amusait et se méprisait profondément à ce jeu. Il savait que le tiers du genre humain passe ses dimanches après-midi à jongler avec des idioties pareilles autour d'un panier de pique-nique ou d'une table à cartes. Aussi, il se mit à aimer passionnément le tiers du genre humain.

Ça faisait trois jours qu'il était là à se dire la même chose. Il sauta dans sa voiture et avala la route de Québec d'un seul coup. Il manquait de livres. Il voulait connaître toutes les théories physiques. Il voulait Bohr, Schrödinger, Heisenberg, de Broglie. Il voulait le fin du fin de l'évolution, de la biologie, des extraterrestres. Il revint le jour même et fit un carnage dans ces livres.

Il en fut un peu chamboulé. Il ne savait plus quoi penser de quoi. Que le monde était vaste et merveilleux! Il n'était plus un être temporel. Ses réflexions se passaient de notaires, d'avocats, de comptables, de percepteurs, de moralistes et de psychiatres. Le monde était à ses pieds comme une œuvre magnifique qui se défaisait et se refaisait sans cesse. Arbres et bêtes en semblaient inconscients. Les hommes y trouvaient plaisir et souffrance.

Il avait cependant l'impression d'être arrivé au bout des connaissances actuelles. Il n'avait plus que l'imagination pour aller au-delà. Et l'imagination lui offrait tellement de routes qu'il ne savait pas laquelle prendre.

Il songea aux vaches de son voisin. Un beau troupeau grassement à l'aise dans les pacages d'été. Et il imagina le désespoir infini de la vache qui se serait posé la question de la raison de son existence. Elle était logée et nourrie pour son lait. Elle était heureuse aussi longtemps qu'elle ne s'en doutait pas. S'en apercevoir lui cassait les reins. Il se vit vache et se posa la question. Elle était sans réponse précise mais les théories étaient innombrables. Il imagina quelque civilisation ayant colonisé la terre comme des hommes peuplent de souris ou de rats un laboratoire. Il se vit souris dans un laboratoire. Immédiatement, il se mit à rêver de fromages plantureux qui ne faisaient jamais défaut. Ça ne faisait pas très sérieux. Le ciel, le pays des chasses bienheureuses, le paradis de Mahomet où les femmes ont des yeux de gazelle. Tous ces rêves d'une prolongation de la vie heureuse...

Tous ces rêves d'une prolongation de la vie heureuse...

Et sa vie à lui, perdue dans les phantasmes. Paralysée par les images de l'ailleurs qu'il inventait pour suppléer à celles du présent. Pourquoi ne pas se plonger tout entier dans le présent et en vivre?

Il essayait souvent, mais c'était comme de relire sans cesse le même livre. Le livre n'avait plus de secrets pour lui. Sa vie, il la savait par cœur. Il l'avait pourtant réinventée souvent. Il pourrait recommencer encore. Il n'avait pas encore essayé la carrière de tennisman. Il serait peut-être bon joueur. Il y passerait peut-être une couple de saisons...

Non. Il se trouvait enfermé dans une série de probabilités trop peu nombreuses pour y prendre goût. Fidèle héritier de ses prédécesseurs, il cédait plus volontiers aux bons offices du rêve. Et pour flous que fussent ces rêves, ils ne pouvaient être plus flous que la réalité. Les savants le disaient sans le dire. Ils ne s'attachaient plus aux faits; ils calculaient les probabilités. Bohr et Heisenberg ne jouaient plus que sur du probable. De Broglie inventait l'onde à bosse pour faire le pont entre le réel et le probable.

Et Herbert Marcuse se riait de tout cela. Nous apprenons ce que nous voulons savoir. Ce que nous ne cherchons pas à connaître, nous ne le saurons jamais. Les scientifiques n'obtiennent que les réponses à leurs questions. L'enfant de même. S'il demande, on lui répond. S'il ne demande pas, on ne lui répond pas.

Des phrases entières lui couraient dans la tête comme autant de molécules affolées zigzaguant dans un ballon.

Roland Barthes: «Nous savons maintenant ce qu'est le réel petit-bourgeois; ce n'est même pas ce qui se voit, c'est ce qui se compte.»

Et le réel scientifique, à peine plus vaste, acceptait parfois aussi ce qui se voit sans se compter.

Blaise Cendrars, reprenant Schopenhauer: «Le monde est ma représentation.»

Même de la part d'un aussi grand ami, il ne pouvait accepter le jugement. Sa représentation était forcément limitée dans l'espace et dans le temps. La meilleure volonté du monde et l'énergie en lui de tous les hommes réunis ne lui suffiraient pas à épuiser le monde. Devait-il s'en tenir à la partie qui lui était perceptible?

Tout cela l'affolait. L'affolait d'autant plus que les plus grands écrivains, les plus grands penseurs n'avaient rien changé à l'évolution de l'homme. L'homme pullulait et fabriquait suivant un destin intérieur que chacun essayait de cerner mais qui restait théorie temporelle, momentanément historique. Marcuse était moins catégorique : «La culture supérieure a toujours été accommodante et la réalité a rarement été troublée par ses idéaux et sa vérité.»

Et Léon Dion commentait : «La doctrine unidimensionnelle de Marcuse ne représente en définitive que l'effort de traduction le plus récent des motivations obscures qui tiennent sans doute à des impulsions suicidaires innées chez l'homme.»

Cela le ramenait inévitablement à la première phrase du *Mythe de Sisyphe* : «Il n'y a qu'un problème philosophique vraiment sérieux : c'est le suicide.» Et à la dernière : «Il faut imaginer Sisyphe heureux.»

Pour imaginer Sisyphe heureux, il pensait au conseil que Zooey donne à sa mère au sujet de Franny, toujours couchée sur son divan : «Vas-y. Appelle un psychiatre dont le métier est de préparer les gens à goûter aux joies de la télévision, de la revue *Life* tous les mercredis, des voyages en Europe, de la bombe H, des élections présidentielles, de la première page du *Times*, des responsabilités de l'Association des parents d'élèves de Westport et d'Oyster Bay et de tout ce qui est si glorieusement normal.»

Imaginer Sisyphe heureux. Oui. Lui acheter un appareil photographique. Un piano, peut-être. Pourquoi pas? Et pourquoi pas des skis? Conseiller à Sisyphe de faire de la course à pied tous les matins avant de se rendre au travail. Ou de danser à la corde dans sa cave. N'importe quoi pourvu qu'il ne pense pas.

Il quitta l'escalier, descendit à la cave chercher un bout de câble et se mit à danser. Au bout de dix minutes, dix minutes où il avait dansé sans arrêt, il se demanda ce qu'il faisait là. Voyant qu'il se posait des questions, il laissa la corde, s'habilla, chaussa ses mocassins et ses raquettes, saisit une hache et courut vers le bois.

Au moment où il achevait d'abattre sa première épinette, il pensa à ce que Léon Chestov raconte de Tolstoï.

«Heine nous rapporte une croyance qui existe chez les Noirs; quand un lion tombe malade, il essaye d'attraper un singe et de le mettre en pièces, et, de cette façon, retrouve la santé. Habituellement, Tolstoï se soigne aussi de cette manière. Lors de sa première maladie, il se jeta avec furie sur les singes. Il mit en pièces Napoléon et l'art militaire et la pédagogie, et, comme nous le savons, se rétablit alors pour longtemps. La seconde fois, le même processus se répéta. Il chercha des singes et, bien entendu, en trouva en bon nombre : la réalité contemporaine ou, plus exactement, la réalité tout court offre à cet égard un embarras de richesses.»

— Mange de la merde, Chestov! lança-t-il dans un cri.

Le cri fut couvert par le fracas de l'épinette qui s'écrasait dans un nuage de neige folle. Il l'ébrancha méthodiquement, empila les branches, débita le tronc et recommença jusqu'à ce que la nuit fût tombée. Il s'assit sur la corde de bois soigneusement empilée, se roula une cigarette, la fuma voluptueusement et rentra chez lui lentement. Fourbu, il bourra le poêle, s'assit devant et mangea du pain et du fromage.

Il recommença pendant sept jours d'affilée. Quand il lui arrivait de se poser des questions, il répondait par ses

140

propres citations : «Il n'est pas bon que l'homme ait trop de jour entre les meules. C'est le signe qu'il est mourant, qu'il ne fera plus rien. Être ne suffit pas. Avoir n'ajoute rien. Il faut faire. FAIRE FAIRE FAIRE FAIRE FAIRE FAIRE FAIRE. Entre la naissance et la mort, il ne se trouve rien d'autre.»

27

Dieu et les quasars lui revinrent à la mémoire un matin qu'il allumait le poêle. Dans *La Presse*, deux prêtres défroquaient fort poliment, alléguant que Dieu était mort. Il attendait cette nouvelle depuis longtemps. Il savait bien que, quelque part, des milliers d'hommes pensaient de même, mais il n'en avait rejoint aucun et aucun d'eux ne l'avait rejoint. Cela venait de se produire. Quelqu'un venait de le prendre dans sa solitude pour l'entraîner dans un courant puissant. Ou était-ce lui qui accédait au monde? L'un ou l'autre, cela n'avait aucune importance. Il venait de rencontrer quelqu'un de son siècle et de son âge. Cela suffisait.

Il lut l'article au complet. Il en fut émerveillé. Cela lui donnait le goût de chanter et de sauter. Il s'arrêta pour le lire une autre fois. Il pensa le garder mais il crut mieux faire en le brûlant pour allumer son poêle. Il se souvenait maintenant...

«La science avait agrandi le monde, le vidant du même coup. Personne n'avait vu Dieu nulle part et, pour y croire encore, il fallait le poster derrière le dernier des quasars, qui n'était jamais le dernier bien longtemps».

Oui, tout lui revenait. À force de voir les au-delà reculer sans cesse, ils avaient cessé de chercher Dieu dans tous les au-delà. Ce Dieu-là était mort et pouvait désormais se passer de la majuscule. Le vrai allait renaître dans la splendeur et la banalité quotidiennes. Dans les visages humains.

— Dieu, c'est moi en mieux.

Il avait trouvé cela, enfant, dans les montagnes de West Shefford, et ça lui revenait, intact.

Une vie vivante. Plus belle que sa simple vie à lui mais qui ne lui était pas étrangère. Une vie vivante qui, un jour, se passerait de sa carcasse mais qui, pour le moment, l'utilisait. Cela était si beau qu'il sortit le montrer au soleil.

Il courait comme un poulain qu'on met à l'herbe. Absolument pour rien. Comme un maudit fou. Quand il fut au bout de son souffle, il entra et se coucha sur son lit, les yeux grand ouverts. Et il se mit à parler à haute voix.

— Au commencement, il n'y avait rien que Dieu, et Dieu dit : «Faisons tout.»

»Alors, il fit la matière. De façon si adroite et imperceptible qu'elle avait l'air de se faire elle-même et de s'inventer à mesure. Et Dieu la laissa faire un temps, et la matière était belle à voir. Elle se roulait en boule ou s'étirait en nuages; elle se fendait, se ressoudait; se divisait, se multipliait; s'allumait, s'éteignait; elle faisait toutes sortes de jeux et de sparages. Tant et si bien qu'il y en eut bientôt partout et que Dieu dut se réfugier au centre de la matière pour être quelque part. Il y était sans avoir l'air d'y être et faisait tout sans avoir l'air de faire quoi que ce soit; de sorte que la matière avait l'air d'être Dieu lui-même et que c'était quasiment vrai.

»Et les choses jouèrent entre elles pendant très longtemps, devenant toujours autre chose.

»Un jour, Dieu fit la Terre. Il la façonna dans ses mains pendant un temps, puis il y jeta de l'eau et laissa l'eau faire le reste. L'eau dessina les mers et les continents; elle creusa les baies, traça les rivières, encercla les îles; tout cela au gré de sa fantaisie capricieuse et mouvante.

Il ferma les yeux un moment. Cela n'avait aucun sens mais il trouvait cela beau et vrai quand même. Il les rouvrit et recommença à parler.

— Alors Dieu, voyant que l'eau faisait bien les choses, s'en servit pour faire tout le reste. Les mers et les océans furent bientôt pleins des plantes les plus extraordinaires. Il y en avait tellement qu'elles gagnèrent la terre, qui se couvrit d'arbres, d'herbes et de fleurs.

»Un à un puis en bandes, les animaux sortirent de l'eau et coururent sur les continents. Les uns restèrent sur la grève et les autres galopèrent jusqu'aux confins du monde. Il y eut des oiseaux, des insectes, des reptiles, des mammifères et des poissons, qui restèrent dans l'eau avec les crustacés.

»Et toute cette masse de choses qui vivent de l'air et de l'eau fut appelée «nature», faute de mieux, et la nature elle-même était tellement belle et tellement envahissante que Dieu vint se réfugier dedans pour être quelque part. Il y était sans avoir l'air d'y être et faisait tout sans avoir l'air de faire quoi que ce soit. De sorte que la nature avait l'air d'être Dieu lui-même et que c'était quasiment vrai.

»Longtemps la nature fut laissée à elle-même, se faisant et se défaisant suivant les jeux de la lumière, de l'air et de l'eau, qui sont les éléments de la vie. Et la vie semblait plus parfaite que la matière parce qu'elle évoluait suivant des schémas plutôt que suivant des hasards.

»Un jour, l'homme apparut, et il se trouva tellement beau qu'il se dit : «Dieu, c'est moi en mieux.» Et Dieu était dans l'homme sans avoir l'air d'y être, comme en toutes choses.

»Et l'homme se mit à courir sur les continents, à sauter les rivières et à naviguer sur les mers et les océans. Il était chez lui partout. Il mangeait et respirait à l'aise partout. Il reconnut les caps et les îles et leur donna des noms. Il fit des enfants qui se dispersèrent et reconnurent les lieux habités par leur père. Ils inventèrent une foule de choses. Ils faisaient et défaisaient les choses comme la matière et la vie, mais selon d'autres lois. Et bientôt l'homme fut partout, à faire tellement de choses qu'il en perdit le fil et qu'il en oublia que Dieu était en lui comme en toutes choses.

Là, il s'arrêta comme au seuil d'une grande joie. Il ne savait plus quoi dire. Il se sentait plein comme un œuf, sans savoir de quoi il était plein. Il entendit un pas et vit entrer Irène. Elle avait sa robe des funérailles. Il lui dit que Dieu était mort. Un faible sourire éclaira son visage. Elle se coucha près de lui et il passa un bras autour de son cou. Elle était étendue sur le dos, les yeux ouverts elle aussi, mais elle ne parlait pas. Il resta sans bouger. Il avait l'impression de n'avoir plus aucun besoin. Après un moment, il vit qu'elle s'était endormie.

Même si elle dormait, il se mit à lui parler, à lui expliquer que des hommes pensaient comme lui. Il y en avait une dizaine, autant qu'il sache, dispersés de l'Allemagne à l'Amérique. Une dizaine de penseurs brevetés dont on croyait les déclarations. Il y en avait des milliers d'autres qui les croyaient. Des milliers qui n'avaient rien déclaré mais qui attendaient la déclaration pour se sentir un peu moins perdus, pour se sentir droit de cité dans une masse d'individus qui n'étaient plus qu'une société.

— Un jour, Dieu reviendra dans la société, dépouillé de tous les artifices fabriqués par les hommes. Il n'y aura plus de prêtres, plus d'évêques pour faire les pitres avec leur crosse et leur chapeau farfelu. Il n'y aura plus de pape aux bras fatigués par les simagrées de la bénédiction. Dieu reviendra dans la société et les hommes le trouveront tellement beau qu'ils n'en croiront pas leurs yeux.

»Je rêve, termina-t-il.

»Je rêve et il ne faut pas. Il ne faut pas imaginer comment les choses seront. Il faut se contenter de savoir qu'elles seront. Un jour, je verrai la vie vivante. Pour l'instant, je veux le dire à tout le monde et je commence par toi, ma belle Irène.

La tête d'Irène ne pesait plus sur son bras. Il tourna les yeux et vit qu'elle était disparue. Il le savait déjà. Il n'avait tourné la tête que pour s'en assurer. Il demeura couché mais ferma les yeux.

— Je t'aime, Irène.

C'était vrai mais ça n'avait aucun sens. Il s'endormit profondément, profondément, profondément.

Quand il se réveilla, il pleuvait. Il ne pleuvait pas la belle pluie gaie qui chante. C'était plutôt la vieille pluie sale qui ferme les portes et qui laisse les enfants aux fenêtres. Il y bâilla dix minutes. Il était encore là quand il pensa à son poêle. Du poêle, il passa à Dieu. Dieu était parti très loin maintenant. La pluie le ramenait à des notions plus réalistes. Il se foutait autant de Dieu que d'une queue d'écrevisse. Même qu'il aurait préféré une queue d'écrevisse.

Il se transporta dans une grande ville sale et mouilleuse. Il fut surpris de voir que Dieu y était quand même. Il y était mais il n'était pas gai. Ce que Dieu pouvait être moche par moments!

Il lut son morceau de journal avant de rallumer le poêle. Le journal non plus n'était pas toujours gai. Le plus intéressant, cette fois, c'était une vieille partie de hockey que Montréal avait perdue contre Boston. Huit à un, le score. Phil Esposito avait compté quatre buts. Tout un joueur, Phil Esposito! Est-ce qu'il pensait seulement à Dieu, des fois? Il devait...

Il devait l'imaginer très haut et très loin. Il était du genre à faire le signe de croix en entrant sur la patinoire.

— Mais non ! Tu déconnes.

Il se parlait à haute voix, des fois. Pour couper court à ses monologues intérieurs.

— J'ai une vie très intérieure.

Il se parlait à haute voix aussi quand il ne pouvait supporter d'être ce qu'il était.

— J'ai une vie très intérieure, comme un beau petit con d'amour.

Le feu mit du temps à prendre. Il pleuvait quasiment jusque dans le poêle. Il alla au hangar chercher de l'écorce de bouleau. Cela le mit tellement en rogne contre lui-même qu'il se remit à parler tout haut.

— Il n'y a plus un maudit fou dans le patelin qui se chauffe au bois mais toi tu le fais parce que tu es un beau petit con d'amour qui crois en Dieu et qui aimes la vie simple. Allons, mon vieux, chauffe-toi !

Phil Esposito ne se chauffait certainement pas au bois. Savait-il seulement que cela existait ? Pourquoi lui se posait-il toutes les questions et Phil Esposito aucune ?

— Parce que Phil Esposito compte des buts et que toi tu déconnes.

Ça lui importait peu de se l'avouer. Il n'aurait pu, de toute façon, retourner aux beaux jours de l'invention du transport aérien. Cela était passé.

— Mais Dieu reste, dit-il pour faire du bruit.

Dieu restait. Il était parfois aussi moche que la gueule du voisin, mais cela ne changeait rien à rien. Il sortit sous la pluie et se laissa mouiller comme il faut. Pour cela, il lui fallut marcher jusqu'à la pointe, gravir la côte à Soune, redescendre jusqu'à l'étang de la Comène et rentrer par le petit chemin qui serpente sur le sommet des caps. Il était trempé, ce qu'on appelle trempé. Il grelottait. Il se fit chauffer une soupe, qu'il but assis, comme un automate. Après, il tomba de lui-même sur le tapis devant le poêle.

28

À marcher le long de la grève dans le soleil et dans la brume du matin, il en vint peu à peu à la certitude physique, palpable, que toutes les sociétés ne pouvaient être qu'irrationnelles et crouler les unes sur les autres.

— Mais la vie demeure.

Il s'étonnait que sa découverte fût si mince. Il découvrait peu à peu que ce n'en était pas une. Tout le monde savait cela. Mais tout le monde n'en avait pas la perception aiguë qu'il venait de connaître. Il se mit à chercher dans sa tête quelque chose qui fût rationnel et il ne trouva rien, sinon que deux et deux faisaient quatre parce que les hommes avaient trouvé commode de décomposer le chiffre quatre. Il se demanda pourquoi les hommes inventaient tant de choses supposément rationnelles et, au fond, tautologiques tout au plus. Il ne comprenait pas. Il savait qu'il pourrait chercher longtemps sans comprendre.

— Mais la vie demeure, répéta-t-il à haute voix, les yeux fixés sur un couillon parfaitement rond qui gisait dans une flaque parmi des varechs.

Il voulait vivre le plus possible. Rester attentif à la vie. La regarder, l'écouter. Il se sentait le goût d'être un arbre. Il aurait pu édifier une société idéale mais il n'en ferait rien. Il vivrait le plus simplement possible, et puis il s'en irait en son temps.

— Je vivrai le plus simplement possible et je m'en irai en mon temps.

Cela ressemblait à une grande promesse solennelle et idiote. Il s'en voulut un peu d'être aussi pompier. Mais la décision était prise et, pour s'y ancrer, il résolut d'aller voir la ville.

Quand il monta à Québec sur le pouce, il lui sembla avoir une vue neuve pour admirer les cabanes à patates frites que les hommes construisaient le long de la route. Ils les assoyaient toujours confortablement, dans la hanche d'une courbe ou sur un plateau voyeur. Il compta les lacs artificiels creusés ici et là pour attirer les familles en pique-nique. Toutes ces choses qui lui avaient paru horribles lui semblaient désormais humblement vivantes et belles. Simplettes un peu, mais pleines d'harmonieuses convenances. L'homme construisait son monde par petits morceaux. Du haut des siècles, il n'y paraissait rien, et lui n'avait pas à descendre du haut des siècles pour juger. Il n'avait pas à juger des lignes architecturales sans avoir subi les carences financières ou intellectuelles qui avaient joué dans la disposition des morceaux. Il acceptait tout au nom de la nécessité, qui est la mère de l'invention, et de la connerie, qui est sa belle-mère.

Il était passé cent fois à Sainte-Anne-de-Beaupré, mais, cette fois, il arrêta. Il entra dans la basilique pour s'en mettre plein les yeux de la piété et de la connerie. Ce ne fut pas long qu'il en eut plein les yeux et il fut drôlement ému. Il avait bien fait d'arrêter. Il aurait dû le faire plus tôt. Mais il n'aurait rien vu s'il avait arrêté plus tôt.

Il prit le train pour faire le reste du trajet. Le train passait dans des arrière-cours où des femmes s'évertuaient à faire pousser des dahlias. Toutes les deux ou trois minutes, le train arrêtait à un passage à niveau pour laisser passer des chiens. C'était bête comme ça. Sauf qu'au dixième il y avait une voiture et le conducteur envoya la main au mécanicien qui freinait. Il était content de n'être pas passé.

Le train le berçait tellement qu'il en eut des étourdissements. Il se cala dans la banquette et ferma les yeux. Le bercement devenait agréable. Il s'endormit pour ne s'éveiller qu'à la gare. Il ouvrit les yeux et se mit à rire. La gare était grise et sinistre, d'une saleté impossible, mais les préposés aux bagages s'amusaient à se lancer un colis. Il s'arrêta pour les regarder. Le jeu valait bien une marche sur la plage. Il rêva un moment aux financiers qui jouaient à lancer des millions ici et là et qui gagnaient. Cela aussi, c'était amusant, mais il ne put y penser longtemps sans s'assombrir. Les financiers jouaient avec les statistiques comme ceux-là avec la gravité. Ni les uns ni les autres n'y pensaient. Ce n'était pas nécessaire pour jouer. Seulement, lui, il y pensait. Il y pensait et il ne savait pas jouer. Il restait planté là à penser qu'il ne savait pas jouer et il était triste à l'idée, à la certitude qu'il ne jouerait plus jamais.

Les préposés avaient arrêté de jouer. Ils le regardaient. Quand il s'en aperçut, il faillit laisser échapper son sac. Il poursuivit sa route tant bien que mal, prêtant l'oreille aux rires qui lui parvenaient confusément.

— Je n'appartiens pas à ce monde-là. Merde! je n'y appartiendrai jamais!

Il s'en voulait d'être allé à l'île d'Anticosti puis à L'Anse-au-Pet. Il pensa un moment à Hanoi, à Montevideo et à Oslo. Oslo devait être une belle ville. Mais les gares de chemin de fer se ressemblent partout. Dans celle-ci, il y avait des téléphones à droite. Il prit un bottin et chercha. Gaston demeurait rue Bloomfield. Il n'était pas chez lui. Travaillait-il encore au Dix? Non. Au Dix, on ne savait pas ce qu'il était devenu.

Il alla au comptoir et commanda un hot-dog. La serveuse était jolie. Elle ne mit pas trop de moutarde. Son hot-dog était tellement bon qu'il en prit un deuxième. Ensuite, il demanda à la serveuse jusqu'à quelle heure elle travaillait. Il lui tourna un clin d'œil qui fit qu'elle arrêtait dans une demi-heure.

Ils allèrent prendre une bière ensemble. Elle lui parla de Johnny Farago et de Robert Charlebois. Elle les aimait beaucoup. Elle adorait les enfants mais elle n'avait pas un salaire suffisant pour se marier. Et puis elle n'avait pas envie d'arrêter de travailler. Elle voulait chanter. Elle chantait assez bien, lui disaient ses amis. Voulait-il l'entendre? Il voulait bien. Elle chanta *Sombreros et Mantilles*. Il lui dit que c'était bien mais que ça datait un peu. Elle chanta *Un jour, tu verras*. Il lui dit que c'était bien mais il n'avait plus de cigarettes.

— Il y en a juste au coin.

Il alla jusqu'au coin. Le vendeur regardait la partie de hockey avec des amis. Il demanda le score. Phil Esposito venait d'égaliser.

— Encore lui!

Il ne retourna pas sur ses pas. Il s'en alla sur le trottoir en sifflotant *Sombreros et Mantilles*. Il monta la côte du Palais et rencontra Puce.

— Bonjour, Puce!

— Toi ici?

— Et toi?

Puce n'avait pas changé.

— Mais toi tu as engraissé.

— Et Jules?

— Jules est parti; c'était aussi bien comme ça. Il travaille à Frobisher Bay. Et Irène?

Il lui raconta Irène, puis ils restèrent là à ne rien dire.

C'est elle qui recommença.

— Où tu vas comme ça?

— Je me promène. Et toi?

— Moi, je rentrais. J'habite à deux pas. Tu viens?

Puce avait une grande bibliothèque.

— Mon Dieu! tu lis!

— Je ne lis presque rien. Ce sont les livres de Jules.

Il s'approcha pour regarder les titres. Jules n'était pas trop mal. Et Puce était seule avec lui. Il n'aimait pas cela. Il n'aimait pas cela du tout.

— Tu sais, Puce, j'avais envie d'aller au cinéma.

Ils allèrent voir *The Honeysuckle*. Il lui fit remarquer que ça voulait dire «Le Chèvrefeuille» en français. Mais cela n'avait aucune espèce d'importance. C'était un beau film, pas très de circonstance. Tout le long du film, il se demanda comment il allait se débarrasser de Puce sans lui faire de peine. En sortant, Puce lui annonça qu'elle passait dire bonsoir à une copine. Il lui dit qu'elle était bien fine et il lui demanda s'il pouvait l'embrasser. Il n'avait pas à le lui demander. Ils trouvèrent cela très drôle. Il lui dit bonsoir et descendit la rue Saint-Jean. Arrivé au bout, il n'y avait plus de lumière et c'était tout noir. Il décida de remonter. Il mit ses deux mains dans ses poches, comme pour changer de personnage. Il changea aussi son pas et remonta.

La rue Saint-Jean n'est pas bien longue. Arrivé au bout, il sortit ses mains de ses poches et changea de trottoir. Au 1025, entre deux vitrines, il vit une porte où c'était écrit «Chambres». Il regarda bien les vitrines. Dans l'une, il y avait des fleurs, et dans l'autre, des disques. Il regarda tous les disques. Totalement inconnus. Il regarda les fleurs et s'y reconnut un peu mieux. Il y avait beaucoup de chrysan-thèmes pour la saison. Et les éternelles violettes africaines. Dans un coin, il y avait un bouquet de cinéraires qu'il regarda longtemps, très longtemps. Puis, la main tremblante, mal assurée, il poussa la porte où c'était écrit «Chambres».

29

Il mit du temps à s'endormir. À cause des moteurs dans la rue, dont il avait perdu l'habitude. Mais le lit était confortable. Les lueurs des réverbères éclairaient faiblement la chambre et il trouva finalement le sommeil en pensant que la nuit n'existerait plus pour lui. Ni la nuit noire ni l'enfer blanc des neiges ensoleillées. La ville l'envelopperait dans un linceul crépusculaire variable.

Quand il s'éveilla, au matin, il crut sortir du silence des millénaires comme un pharaon émergeant de sa pyramide. Les murs de la chambre étaient recouverts de papier rose où des fleurs fanées s'étaient figées en bon ordre. Il fit lentement le tour des murs. Il se demanda pour combien de temps ce serait chez lui. Il remarqua que la porte de la chambre était vernie, qu'elle devait avoir quatre-vingt-dix centimètres de largeur, et que celle du placard était vernie aussi mais qu'elle n'était large que de soixante centimètres tout au plus. Il se roula d'un côté, de l'autre, et se rendormit.

Alors, il vit Ophélie passer sur un nuage. Elle avait mis sa robe blanche et elle effeuillait les fleurs cueillies au bord du ruisseau. Maudit qu'elle était belle! Il se mit à courir pour la rattraper mais le nuage s'éloignait sur la mer et il s'arrêta, épuisé, de l'eau jusqu'aux genoux. Le sable, pourtant, était doux à ses pieds. Il revint sur la grève et s'y assit, la tête entre les mains. Il vit Assurbanipal remontant les siècles sur son char, le casque relevé sur la tête et tenant dans ses mains pour le montrer aux siècles le bas-relief de la lionne blessée. Assurbanipal revenait triomphant, parmi des rangées de peuples qui lui lançaient des fleurs et des fromages. Pourquoi des fromages ?

Tout à coup, Assurbanipal se tourna vers la gauche pour saluer quelqu'un parmi la foule. Il regarda et se reconnut. Il était chauffeur de camion, à l'époque. Qu'il n'y eût pas de camions en Assyrie ne suffit pas à faire exploser le rêve. Il était chauffeur de camion, en bleus avec casquette réglementaire, et il transportait les briques de la bibliothèque royale, ces briques dont il ne savait même pas déchiffrer l'écriture cunéiforme. Il rendit son salut à Assurbanipal cependant qu'autour de lui les badauds commençaient à le considérer d'un œil curieux. Et pouf ! il se réveilla.

Comment diable avait-il bien pu rêver à Assurbanipal ? Il compta les fleurs sur un rang, du plancher au plafond. Il y en avait trente-deux. Il compta les rangs sur les quatre murs. Il y en avait cinquante-quatre. Cela faisait mille sept cent vingt-huit fleurs dans sa chambre. C'était beaucoup pour un seul homme. Il s'aperçut qu'il avait oublié des portions de rangs au-dessus des portes. Vingt-deux au-dessus de la porte principale et vingt-huit au-dessus de la porte du placard. Cela faisait mille sept cent soixante-dix-huit fleurs. Vraiment, c'était un peu trop. Heureusement, les meubles en cachaient plusieurs.

Il se demanda ce qu'il faisait, couché dans un jardin si vaste et si exigu. Seul dans son lit, seul dans cette chambre, seul dans un monde qui n'existait pas encore pour lui. Cela lui fit très mal et il se demanda pourquoi il avait aboli l'autre monde, le sien propre. Il se rappela qu'il avait passé en bateau, un jour, devant L'Anse-au-Pet, qu'il avait eu le malheur de voir la pointe, qu'il l'avait voulue et achetée, qu'il y avait apporté le monde. Fermant les yeux, il regarda ce monde, non plus le sien mais celui qu'il s'apprêtait à redécouvrir. Le monde travaillait alors que lui ne faisait rien. C'était d'une telle absurdité qu'il en eut mal. Il voulut crier au monde d'arrêter mais il était sans voix.

Il s'endormit de nouveau et se retrouva à Hyde Park, où il haranguait des Londoniens embaumés qui faisaient mûrir leur chapeau melon au soleil de septembre.

— Vous êtes en train d'ériger une catastrophe géante pour vous éviter d'être vous-mêmes! Arrêtez! Arrêtez! L'infini est en vous qui bat doucement au rythme d'une mer bleue et calme. Cessez de le chercher ailleurs.

Mais les Londoniens passaient comme des Londoniens sages et il s'énervait pour rien. Il se mit à marcher jusqu'à la vitrine d'une buanderie. Il y avait une femme qui faisait sa lessive. Elle le vit qui parlait à travers la vitre mais elle n'entendait rien. Elle laissa tomber son paquet savonneux pour aller vers lui. Elle lui demanda ce qu'il avait à gesticuler ainsi, à grimacer des mots. Il lui fit comprendre de le suivre. Elle lui sourit gentiment et retourna à sa lessive. Mais le sourire avait été tellement chaleureux qu'il en frémit d'aise et s'éveilla de nouveau.

Il recompta les fleurs, s'arrêta en chemin, se leva, se rasa, s'habilla et s'assit sur son lit défait. Il se tâta les membres pour en sentir la chair et les os. Il tendit délicatement l'index sur son poignet pour percevoir le rythme de son cœur. Il se sentit basculer lentement au fond des mers parmi des poissons ancestraux, fabuleux, qui nageaient calmement.

Un jour, il avait été poisson. Jamais il ne cesserait vraiment de l'être. Le sang qui coulait en lui était un sang éternel. Il le transmettrait comme il l'avait reçu. Il irait s'abîmer là d'où il venait, dans des ténèbres si épaisses qu'on ne discerne rien. La vie construit ses propres supports et s'en débarrasse à l'avenant. Mort et naissance sont le même passage. Le choc précède ou suit, selon le cas. Mais il avait encore à vivre et il s'y sentait tout à fait prêt.

30

Il trouva du travail dans un bureau d'administration. Il était le plus anonyme des anonymes. Il réussissait encore très bien. Le mercredi soir, en hiver, il allait jouer aux quilles avec ses compagnons de travail. L'été, c'était la partie de balle molle.

Il vécut deux années ainsi. Sept cent trente jours tellement semblables qu'il aurait pu difficilement les distinguer. Le seul changement notoire survint au bout de la première année, quand le propriétaire décida de rafraîchir sa chambre. Le papier peint était blanc désormais et les fleurs étaient plus fringantes. Plus grosses, elles étaient forcément moins nombreuses. Il n'y en avait plus que neuf cent quatre-vingt-dix-huit.

Il fit quelques voyages à L'Anse, tantôt pour ramener sa télévision, tantôt pour succomber à la magie d'un vieux bouquin. Mais il ne lisait presque plus. Il se tapait de longues promenades dans les jardins de la ville. Le moindre spectacle l'amusait : des enfants courant dans les ruelles, des adolescents faisant du sport sur les terrains de jeu.

Avec sa voiture, il s'imposa pour les fins de semaine des itinéraires qu'il avait toujours négligés. Parfois il se retrouvait au cœur de la forêt laurentienne, plus souvent sur quelque falaise escarpée du Saint-Laurent. Il fit une pointe vers West Shefford un beau jour mais il préféra ne pas s'y rendre. Hanoi, Montevideo et Oslo le guettaient au creux des montagnes et il avait décidé de s'en affranchir pour toujours.

Il prenait plaisir à son travail. Les machines le fascinaient. On lui avait d'abord confié la vieille calculatrice qui manquait souvent ses 9, mais il avait eu bientôt accès à l'ordinateur et c'était le grand sport. Plusieurs compagnies confiaient leurs problèmes et leurs bilans à l'ordinateur de ses employeurs, et, par pur plaisir, il allait parfois chercher les bobines de Dominion Fasco ou les tambours d'Electronic Pranks, uniquement pour obliger la machine à lui cracher rapidement des chiffres et des rapports.

L'ordinateur l'amusait tellement qu'il voulut suivre des cours de perfectionnement. Trois soirs par semaine, il se rendait à l'université, dans un centre plus complexe, pour apprendre les divers langages de la machine et lui poser des questions de plus en plus emmerdantes.

Après trois mois, on le muta à Toronto, où il fit un stage de quelques semaines aux frais de la compagnie. Il trouvait agréable que Toronto fût si moche. La ville l'engourdissait au point qu'il n'aurait plus su dire si Hanoi, Montevideo et Oslo étaient des villes véritables ou des fables de sa jeunesse.

De Toronto, il passa à Chicago, où se trouvait la maison mère. Il y resta six mois. Six mois de sa vie dont il n'est pas comptable tellement ils furent néant et néant magnifique. Mais de Chicago il dut rentrer à Québec pour exercer les hautes fonctions auxquelles on l'avait destiné. Il eut du mal à s'y faire. La chambre était prise par un autre. En sortant, il remarqua qu'il y avait encore des cinéraires dans la vitrine du fleuriste. Non seulement cela lui rappela-t-il des souvenirs, mais il se mit à se poser des questions sur sa vie antérieure. Cela dura quelques semaines, comme une rechute d'une vieille maladie, mais il se ressaisit et forma un grand projet. Il irait à Tokyo.

Il irait à Tokyo travailler dans les ordinateurs, loin de tous ceux avec qui il avait travaillé. Il allait appliquer ses connaissances en électronique à la fabrication de mille et une babioles auxquelles personne n'avait pensé. Il irait vendre aux Japonais les secrets de l'Amérique et les utiliser dans des domaines où l'Amérique ne s'accordait pas le temps de jouer.

Ce serait un grand voyage. Un beau voyage. Le Pacifique en première classe sur le pont d'un bateau avec une caisse pleine de livres faciles qui se mangent comme des sandwichs. Ce serait un très grand voyage et il s'y prépara de toutes ses forces en multipliant les lettres, les demandes de renseignements, en étudiant la langue, etc.

31

Jusqu'au jour de la petite fille.

La petite fille l'arrêta dans la rue pour lui demander un renseignement. Avec l'enchevêtrement des voies à sens unique, il lui était impossible d'expliquer. Il ouvrit la portière, monta à bord et la pilota jusqu'à l'hôpital. La petite fille arrivait de Senneterre et elle avait fait son cours d'infirmière dans quelque hôpital d'Abitibi. Quand elle sut où elle allait travailler, il lui fallut chercher à se loger. Il lui laissa une adresse et la quitta.

Le lendemain, en se rendant au bureau, il croisa la petite fille. Il la salua, continua, puis se retourna pour la regarder. La petite fille aussi s'était retournée pour le regarder. Ils revinrent l'un vers l'autre et marchèrent ensemble un moment. Le moment s'étira et ce fut une longue promenade. Il voulut lui parler du voyage qu'il allait entreprendre mais il comprit qu'elle ne comprendrait pas. Au bout de la promenade, ils se retrouvèrent sur un banc et elle lui dit, comme ça :

— Parle-moi des fleurs.

Et il lui parla des fleurs. De sa tête, il en sortit de toutes sortes qu'il lui expliquait à mesure.

Ensuite, elle dit :

— Parle-moi des oiseaux.

Et il lui parla des oiseaux. De ceux qui vont et viennent; de ceux qui restent. Ils traversèrent tout le parc en nommant des oiseaux, comme il est écrit qu'Adam faisait au paradis terrestre.

Ensuite, elle dit :

— Parle-moi de la terre.

Et il lui parla de la terre. Il lui expliqua la théorie du sial, du sima et du nifé. Puis il joua avec l'eau, le carbone, les magies de la photosynthèse; la terre se couvrit d'arbres, de fleurs, d'animaux, d'oiseaux, d'insectes de toutes sortes.

Ensuite, elle dit :

— Parle-moi des étoiles.

Et il lui raconta les étoiles. Leur naissance et leur mort; le long tourbillonnement des choses entre elles et sur elles-mêmes, qui fonde l'équilibre du monde : atomes, planètes, étoiles, galaxies, quasars, pulsars et trous noirs...

Ensuite, elle dit :

— Je voudrais un bébé de toi.

Et il se prit la tête entre les mains pour ne pas tomber car la petite fille venait de lui faucher les deux jambes.

Il remit son voyage. Il était heureux que la petite fille s'intéressât à lui, mais pas au point de vouloir lui donner un bébé. Le jour où il lui expliqua qu'il partait en voyage, la petite fille baissa seulement les yeux. Elle se mit à pleurer. Pleurer, pleurer, pleurer. Il eut honte de lui-même et partit. Il s'accablait de reproches. Il fit presque le tour de la ville en marchant.

«Pourquoi ne lui donnerais-je pas un bébé? Au lieu de vivre dans ma tête, je pourrais faire vivre une femme et son enfant!»

Ils cherchèrent une maison et s'y installèrent. La petite fille se déshabilla et se coucha sur le lit. Il lui effeuilla des marguerites sur les seins et sur le ventre. Il lui piqua une rose entre les lèvres de la vulve. Alors, la petite fille devint légère, souple et molle. Il lui semblait qu'elle était un ruisseau et qu'elle chantait tout comme, ainsi qu'il est dit dans *Yerma* de Lorca.

Elle coulait doucement sur la terre chaude en babillant. Il se pencha sur elle et lui mit un mot dans l'oreille. Elle referma ses deux bras sur lui et le mot glissa de l'oreille au cerveau pour fleurir dans sa tête. La fleur était simple et belle comme aucune fleur ne le fut jamais.

Et la fleur devint si extraordinaire que la tête de la petite fille ne put la contenir toute. Elle sentait son crâne s'ouvrir peu à peu à la dimension du monde. Et la fleur devint un oiseau qui parcourait le monde. Ses bras noués sur un homme sorti de nulle part expressément pour elle, elle se laissait emporter par l'oiseau qui l'habitait et crut s'évanouir quand la brûlure intense vint la marquer quelque part entre ses reins. Ses bras se dénouèrent. Elle était sans force, sans muscles, sans réflexes. Elle était toujours l'oiseau, la fleur et le ruisseau. Elle était la terre. Elle était le monde. La lumière, l'eau, le carbone recréaient en elle les magies qu'il lui avait apprises.

Au bout d'un temps, cela fit un beau garçon. Si beau qu'ils recommencèrent. Et cela fit une fille. Si belle qu'ils n'en croyaient pas leurs yeux.

Alors, il lui raconta la maison de L'Anse-au-Pet. Ils y allèrent un beau dimanche, firent un grand barda parmi les toiles d'araignée, installèrent des lits d'enfant, des divans confortables, des buffets généreux. Ils plantèrent des pommiers, des cerisiers, des lilas et un bouleau pleureur qui mourut l'année même. En un rien de temps, il y eut des fleurs partout qui s'ouvraient parmi les cris, les rires et les jeux.

Mais un soir qu'elle ne dormait pas, elle se tournait et se retournait dans son lit. Il la prit dans ses bras et vit qu'elle pleurait.

— Pourquoi tu pleures ?

Elle ne savait pas. Elle le serrait et pleurait davantage.

— Pourquoi tu pleures?

Elle répondit que tout allait très vite dans sa tête. Que tout allait trop vite. Que le monde était lourd et la vie horrible. Elle pleurait à grands sanglots.

— Ne pleure pas, je t'en prie!

Mais il ne savait dire davantage. Depuis le temps qu'il pensait à toutes ces choses, il n'en avait jamais pleuré et se trouvait totalement désarmé devant cette réaction. Avait-elle deviné Hanoi, Montevideo et Oslo?

Il fit venir des amis. Les fleurs étaient si belles, la mer si bleue, les enfants si gais et la maison si chaude que les amis accoururent toujours plus souvent et plus nombreux. Elle s'en trouvait bien. Lui, moins. Il trouvait difficile de passer toutes ses fins de semaine à parler de la couleur des fromages, à discuter des valeurs comparatives de Lana Turner et d'Ava Gardner, à soupeser les vertus électorales des bonnets blancs et des blancs bonnets. Il essaya d'éloigner les amis mais elle s'en trouvait mal. Il lui proposa de vendre L'Anse pour aller créer ailleurs un autre château. Elle prit peur et lui fit promettre de ne jamais vendre. Il promit mais elle n'en fut pas rassurée et il la lui donna.

Il eut beau lutter contre lui-même, les vieilles obsessions le gagnaient. Hanoi, Montevideo et Oslo reprenaient du poil de la bête. Entre deux cajoleries aux enfants, il s'enfermait pour calculer les diminutions de masse d'un corps en rotation. Il eut bientôt devant lui une pile de feuillets, bleuis de chiffres inutiles. Les amis qui venaient le saluaient encore mais le considéraient comme un meuble étrange dans la maison.

Un jour, elle lui dit de s'en aller et il partit. Vingt fois il revint et vingt fois il fut mis à la porte comme un chien trop vieux. Et, du plus loin qu'il fut, il entendait les bruits de la fête dans la maison de L'Anse et la voix des enfants qui l'appelaient sans cesse.

32

Il erra de porte en porte, toujours mal à l'aise. On le regardait et l'écoutait avec grande curiosité, comme un Papou nouvellement sorti de l'âge de la pierre. Il ne savait plus prendre le thé ni la bière. Il n'avait jamais lu la meilleure bande dessinée. Il ne connaissait rien de la pop ni du haschisch. Il ne savait plus rien. On aurait dit qu'il avait oublié de mourir en son temps. Il s'en serait chargé tout seul s'il en eût été certain. Seulement, il se demandait si les autres n'étaient pas morts avant l'heure.

La confusion était si totale qu'il sauta un jour dans sa voiture pour descendre à L'Anse-aux-Bretons. Il savait qu'il y avait une île au large et qu'il pouvait y accéder à marée basse. Il laissa la voiture dans un chemin de bûcheron et emprunta un vieux sentier. Il traversa un pré marécageux d'où seule sa tête émergeait parmi les eupatoires en fleur. Il sauta des rochers, descendit une falaise et gagna le bord de la mer. La marée montait lentement. Il s'assit sur la grève et attendit.

Il y resta six heures, assis à fumer des cigarettes. C'était en juin. Vers trois heures, l'aube se mit à poindre et la mer se retirait. Il s'avança dans la vase. Il se demandait s'il était à la fin du monde ou au commencement. Il était bien, les deux pieds dans la vase. Où qu'il regardât devant lui, c'était la vase. Là où il n'y en avait plus, c'était la brume. Il ne voyait rien d'autre mais il savait que le jour allait se lever sur une île devant lui. Il était comme un homme au commencement du monde. Ou à la fin du monde. Le monde n'avait ni commencement ni fin. C'était à lui de finir ou de commencer.

Au commencement du monde, Dieu avait séparé la terre d'avec les eaux. Ici, ce n'était pas fait encore et de barboter ainsi dans cette glu lui donnait l'impression d'avancer dans le néant.

Il se souvint de la «Ballade du roi des Aulnes». Il entendait encore Alexander Kipnis la chanter sur un vieux soixante-dix-huit tours qui cafouillait.

Qui chevauche si tard par la nuit et le vent?
C'est le père avec son enfant.
Il porte l'enfant dans ses bras,
Il le serre, il le protège.

Mon fils, pourquoi caches-tu ton visage?
Ne vois-tu pas, père, le roi des Aulnes?
Le roi des Aulnes avec sa couronne et sa traîne?
Mon fils, c'est une traînée de nuages.

«Cher enfant, viens, viens avec moi!
Je connais les plus jolis jeux.
De belles fleurs poussent sur mes rivages,
Ma mère a de beaux habits d'or.»

Mon père, mon père, n'entends-tu pas
Ce que le roi des Aulnes me promet tout bas?
Sois calme, reste calme, mon enfant,
Dans les feuilles sèches bruisse le vent.

« Veux-tu, cher enfant, venir, venir ?
Mes filles, mes filles te soigneront.
Elles mènent les rondes nocturnes,
Elles te berceront, et danseront, et chanteront. »

Mon père, mon père, ne vois-tu pas
Les filles du roi des Aulnes dans ce lieu noir ?
Mon fils, mon fils, je vois bien,
Ce sont de vieux saules noirs.

« Je t'aime, je t'aime, ta belle forme me séduit
Et si tu ne veux pas, je te prendrai de force. »
Mon père, mon père, le roi des Aulnes me saisit.
Ah ! le roi des Aulnes m'a fait mal !

Le père frémit, pousse son cheval,
Il tient dans ses bras l'enfant gémissant.
Il atteint la ferme à grand mal :
Dans ses bras l'enfant était mort.

Il chantait comme Alexander Kipnis, dans un allemand qu'il ne connaissait pas, en essayant de respecter les assonances. Et le jour se leva sur l'île. Il était rendu. Il en fit le tour. Examina des mollusques. Avisa un rocher, un rocher avancé où il pourrait s'asseoir. Il s'y installa. Il écouta le bruit mou des vagues. Et les vagues chantaient la «Ballade du roi des Aulnes».

Alors, il pleura longtemps.

Pour ne plus pleurer, il planta sa tente. Il prit le papier et le crayon qu'il avait apportés et il se mit à écrire. Quand il ne sut plus quoi écrire, il arrêta.

Janvier 1972.

imprimerie gagné ltée